AF285755

Aber trotzdem

Karin Feuerstein

Aber trotzdem

Bibliografische Information der Deutschen Bibliothek:
Die Deutsche Bibliothek verzeichnet diese Publikation in der
Deutschen Nationalbibliografie; detaillierte Daten sind im Internet
über
<http://dnb.ddb.de> abrufbar.

© 2006 Karin Feuerstein
Herstellung und Verlag: Books on Demand GmbH, Norderstedt
ISBN 3-8334-4921-7

Inhalt

Dieses Buch erzählt 7

Wir holen den Uefa-Cup 9

Ein Hund 31

Die Krankheit 45

Es gibt Schwierigkeiten 61

Linda 75

Angst 81

Im Allgäu 93

Eine Wohnung im Allgäu 117

Immer wieder Fußball 159

Fußball, Fußball … 165

Dieses Buch erzählt

von meinem Sohn Frank.

Als er im November 1976 geboren wurde, war mein Glück vollkommen.

Seine Schwester Carolin war im August drei Jahre alt geworden, mein Mann und ich waren zwei Jahre zuvor in ein gemütliches Haus am Stadtrand von Köln gezogen, nachdem wir beide als gerade fertig ausgebildete Lehrer unsere Anstellung gefunden hatten. Wir konnten voller Zuversicht in die Zukunft blicken.

Die kleineren Auffälligkeiten in Franks motorischer und Sprachentwicklung beunruhigten mich zwar in den folgenden Jahren, ließen mich aber nicht ahnen, welche schwere Krankheit ihnen zugrunde lag.

Bis Frank im Juni 1986 einen ersten epileptischen Anfall bekam.

Von da an veränderte sich unser Leben. Immer wieder wurden Krankenhausaufenthalte notwendig, mehrmals war Frank in Lebensgefahr. 1989 trennte sich mein Mann von mir. Franks Krankheit wurde als Rasmussen-Syndrom diagnostiziert, eine wahrscheinlich durch einen Gendefekt hervorgerufene chronische Gehirnentzündung, die als Autoimmunerkrankung der Multiplen Sklerose sehr ähnlich ist und dazu führte, dass Frank körperbehindert und mit achtzehn Jahren Rollstuhlfahrer wurde.

Schon bald darauf war Frank pflegebedürftig und zu hundert Prozent auf Hilfe angewiesen. Die Ärzte, die wir konsultierten, räumten ihm nur eine kurze Lebenserwartung ein.

Nach anfänglicher Verzweiflung nahm ich die Herausforderung an. Ich setzte mich mit der Krankheit und unserer Situation auseinander, bündelte meine Kräfte und war bereit, den Kampf zu führen. Ich wollte die Jahre, die Frank und mir blieben, so ausgefüllt und lebenswert wie möglich gestalten. Ich schaffte es, meinen Optimismus auf Frank zu übertragen und auch er akzeptierte seine Lage.

In kaleidoskopartigen Episoden möchte ich den Leser auf einen Teil unseres Lebens mitnehmen und zeigen, wie glücklich wir trotz unseres Schicksals waren.

Vielleicht gelingt es mir, jemandem Mut zu machen, der sich in einer ähnlichen Lebenssituation befindet!

Wir holen den Uefa-Cup

Als das Telefon an jenem 15. Mai 1996 klingelte, tastete ich verschlafen nach dem Hörer. Ich war nach einer unruhigen Nacht erst gegen morgen in tiefen Schlaf gefallen und es dauerte eine Weile, bis ich wieder wusste, wo ich war. Eine monotone Musik, die aus dem Telefon schallte, ließ mich ahnen, dass es sechs Uhr war. Ich hatte den Portier des Hotels gebeten, mich um diese Zeit zu wecken, denn wir mussten um acht Uhr am Flughafen in München sein.

Mein Sohn Frank schlief noch tief im Bett neben mir. Sein kräftiger Körper zuckte und als ich ihn leise ansprach, um ihn zu wecken, flackerten seine Augenlider unruhig. Allmählich öffnete er die Augen und er versuchte, mich mit seinem Blick zu fixieren. Ich sah ihm an, dass er bereit war, wach zu werden und die Strapazen des Tages auf sich zu nehmen.

Eine grausame Krankheit hatte – seit einigen Jahren fortschreitend – große Teile des Gehirns des 19-Jährigen zerstört und dazu geführt, dass seine Gliedmaßen, sein Schultergürtel und sein Kopf durch ständige Myoklonien zuckten, dass er weder stehen noch gehen konnte, dass er nicht greifen und nichts festhalten konnte, dass er Wahrnehmungsstörungen und häufig epileptische Anfälle hatte und für alle Verrichtungen des täglichen Lebens auf Hilfe angewiesen war.

In den letzten Wochen hatten die Muskelzuckungen, die Myoklonien, sich so verstärkt, dass sie zu einer deutlichen Einschränkung der Artikulationsfähigkeit geführt hatten, so dass Frank große Schwierigkeiten beim Sprechen hatte und – auch für mich – häufig nur schwer zu verstehen war. Sein Geist war dabei wach und aufnahmefähig.

Franks Beschäftigungen bestanden zum größten Teil aus Radio hören und fernsehen, sein Hauptinteresse galt dabei allem, was mit Fußball zu tun hatte und sein Verein war der FC Bayern München. Dieser Fußballclub hat etwa 112000 Mitglieder, aber ich glaube nicht, dass es einen begeisterteren Fan gab als meinen Sohn.

Frank schlief in Bayern-Bettwäsche, er benutzte Bayern-Badeschaum und -Haarschampoo ebenso wie Eau de Bavaria. Er trocknete sich mit Bayern-Handtüchern ab, trank aus Bayern-Tassen, hatte sein Zimmer mit allen nur denkbaren Bayern-Fanartikeln geschmückt und sich schon vor Monaten, zu Beginn des Wettbewerbs, vorgenommen: Sollten die Bayern das Finale des Uefa-Cups erreichen, wollte er beim letzten Spiel, wo auch immer das stattfinden würde, dabei sein.

Mich hatte diese Ankündigung in Unruhe versetzt. Ich wollte Frank zwar gern bei der Erfüllung dieses Wunsches helfen, denn es würde für ihn wegen dem Fortschreiten der Krankheit nicht mehr viele Gelegenheiten geben, bei Spielen dabeisein zu können, andererseits fürchtete ich mich aber vor den Schwierigkeiten, die auf uns zukämen, wenn wir zum Beispiel nach Barcelona oder Mailand reisen müssten.

Na, noch waren die Bayern ja nicht im Finale und vielleicht würden sie das ja auch gar nicht erreichen, tröstete ich mich!

Von diesen ketzerischen Gedanken ließ ich meinen Sohn natürlich nichts wissen, aber ich sagte ihm ehrlich, dass ich es mir nicht zutraute, an jeden beliebigen Ort mit ihm zu reisen. Grundvoraussetzung war für mich, dass das Finale in einem Land stattfinden musste, dessen Sprache ich sprach und das in einer für Frank zumutbaren Reisezeit zu erreichen wäre.

Aber noch waren die Bayern ja nicht im Finale!

Dann siegten sie gegen Nottingham Forest und standen im Halbfinale. Mailand war ausgeschieden, so dass als Austragungsmannschaften der FC Barcelona, Slavia Prag oder der FC Girondins de Bordeaux in Frage kamen. Sollte ich wirklich mit Frank nach Prag oder Bordeaux oder gar nach Barcelona fahren? Wäre es zu schaffen, eine solche Reise zu organisieren und mit einem Schwerstbehinderten durchzuführen? Die Gedanken wirbelten in meinem Kopf und versetzten mich in Sorge.

Dass die finanzielle Seite kein Problem wäre, hatte Frank schon lange klargestellt. Er wollte sein Sparbuch plündern und mich einladen. »Ich kann mir kein Auto kaufen, keinen Führerschein machen und habe auch sonst keine Gelegenheit mein Geld auszugeben. Warum soll ich dann nicht die Reise davon bezahlen?«, waren seine Worte und ich hatte sein Angebot angenommen. Aber konnte ich ihm und mir diese Fahrt wirklich zumuten? Würden wir das schaffen?

Am 16. April siegten die Bayern gegen Barcelona und waren im Finale. Prag verlor und damit stand der FC Girondins de Bordeaux als Finalgegner fest. Wenigstens eine Mannschaft, deren Sprache ich sprach! Vielleicht würde ja das Hinspiel in Frankreich und das Rückspiel in München stattfinden! Aber auch diese Hoffnung machte der Kommentator der Fernsehübertragung zunichte, als er nebenbei bemerkte, das zweite Finalspiel finde am 15. Mai 1996 in Paris statt. P A R I S! Paris war erreichbar. Ins Pariser Parkstadion zu gelangen, würden wir schaffen.

Wir holen den UEFA-Cup!

Ich weiß nicht, wer aufgeregter war: Frank aus Freude über den Erfolg seiner Mannschaft und die Aussicht dabeizusein, wenn der FC Bayern Cup-Sieger würde, oder ich über die Freude meines Sohnes und gleichzeitig aber auch die Last, die wegen der Reiseorganisation nun auf meinen Schultern lag. Jetzt, nachdem die Teilnahme der Bayern und der Ort feststand, gab es kein Zurück mehr. Ohne zu zögern und auch voller Freude versicherte ich meinem Sohn: Wir fahren nach Paris!

Das Wichtigste schien mir zunächst der Erwerb der Eintrittskarten zu sein. Schon am 23. März, also wenige Tage nach dem Viertelfinal-Rückspiel, hatte ich an den Manager des FC Bayern München, an Uli Hoeneß geschrieben. Ich hatte ihm in groben Zügen die Art und die Schwere von Franks Krankheit und seine Fußball – beziehungsweise Bayern München Besessenheit geschildert, hatte versucht, ihm klarzumachen, welche Bedeutung die Fahrt zum Finale für meinen Sohn hatte und dass die Organisation der Reise von langer Hand vorbereitet werden musste. Ich hatte ihn gebeten, uns vorrangig Karten zu reservieren und uns möglichst bald wissen zu lassen, ob wir mit der Erfüllung dieses Wunsches rechnen könnten. Dem Brief hatte ich einen Blankoverrechnungsscheck beigelegt, wie es bei Kartenbestellungen in München üblich war und ihn per Einschreiben abgeschickt.

Musste ich noch mehr tun? Konnte ich noch mehr tun? Ich wusste, dass die Nachfrage nach Karten immens groß war. Konnte ich es darauf ankommen lassen, dass meine Bitte in München Gehör finden würde?

Ich entschloss mich, es nicht darauf ankommen zu lassen.

In Düsseldorf gab es eine Agentur, die Karten zu allen Spielen anbot. Die waren zwar teurer als Originalkarten, aber das war jetzt unwichtig. Ich wollte Franks sehnlichsten Wunsch erfüllen.

Am nächsten Morgen versuchte ich wieder und wieder, jemanden in Düsseldorf zu erreichen. Als mein Unterricht als Lehrerin in der Schule begann, übernahm unsere Sekretärin die Aufgabe, die Agentur anzurufen. Pausenlose Besetztzeichen ließen uns fast verzweifeln. Zum Glück hatte ich schon um zehn Uhr frei. Kurzentschlossen fuhr ich von Köln nach Düsseldorf.

Die angegebene Adresse war ein Reihenhaus in einer ausgestorben wirkenden Wohngegend, Auf mein Klingeln reagierte niemand. Sollte ich vergeblich hierher gefahren sein? Ich kramte in meiner Tasche nach einem Zettel und schrieb, die Hauswand als Unterlage benutzend, einen kurzen Brief, in dem ich mein Anliegen und die Dringlichkeit meines Wunsches darstellte.

Gerade als ich ihn in den Briefkasten werfen wollte, näherte sich ein junger Mann dem Haus. Sein Auftauchen schien mir ein Wink des Schicksals und ich fasste wieder neuen Mut.

Ich wollte es schaffen. Ich wollte mit Frank zum Uefa-Cup Finale fahren!

In dem nun folgenden Gespräch erfuhr ich, dass ich

den Sohn des Agenturleiters vor mir stehen hatte und dass der Vater erst gegen Abend aus Barcelona zurückkommen würde. Ich erhielt das Versprechen, dass er mich im Laufe des Abends anrufen würde. Außerdem bekam ich noch den Tipp, mein Glück auch bei einem Reiseunternehmen in Unna zu versuchen, das Fahrten zu Fußballspielen organisierte.

Froh über meinen Teilerfolg trat ich die Rückreise an und erstattete zu Hause Bericht über das bisher Erreichte.

Auch Frank und sein Pfleger Paul waren nicht untätig geblieben und ganz offensichtlich hatten wir die Glücksgöttin Fortuna auf unserer Seite. Paul war das fast Unmögliche gelungen – er war mit einem Anruf zur Kartenbestellannahme des FC Bayern München durchgekommen. Welch seltener Glücksfall das ist, kann nur jemand ermessen, der es schon einmal selbst versucht hat. Was er von dort erfahren hatte, klang recht ermunternd. Wir sollten sofort eine Bestellung mit einem Verrechnungsscheck losschicken, pro Mitglied gebe es bis zu vier Karten.

In der nächsten halben Stunde war der zweite Verrechnungsscheck unterwegs nach München. Es war der 17. April. Von Uli Hoeneß hatte ich noch nichts gehört.

Nun musste die Fahrt organisiert werden.

Ich besorgte im Reisebüro Unterkunftsverzeichnisse von Paris und fuhr an einem der nächsten Nachmittage mit Frank zum Kölner Hauptbahnhof, um die Zugverbindungen nach Paris zu erkunden und eventuell schon eine Reservierung vorzunehmen, denn da es in jedem

Zug nur wenige Rollstuhlplätze gibt, musste man frühzeitig buchen.

Außerdem brauchte Frank nicht nur untätig zu Hause zu sitzen, sondern konnte aktiv an der Organisation teilnehmen.

Der nette Beamte am Auskunftsschalter hatte offensichtlich Ahnung von Fußball und Spaß daran, uns gut zu beraten. Er informierte uns über das sehr preiswerte Fahrkartenangebot »Paris Spécial« und befragte seinen Computer nach den Rollstuhlabteilen in den nach Paris fahrenden Zügen. Zunächst glaubte er an einen Eingabefehler, als er zur Antwort bekam, es seien keine entsprechenden Abteile vorhanden. Nachdem er aber, sehr zum Ärger all derer, die den Fehler begangen hatten, sich hinter uns anzustellen, Bücher gewälzt und mit Kollegen gesprochen hatte, mussten wir erkennen: Von Köln nach Paris gab es keine Züge, die für Rollstuhlfahrer geeignet waren!

Da standen wir nun. Ob wir Karten bekämen, wussten wir nicht. Wie wir nach Paris gelangen sollten, war uns auch nicht klar, denn selbst mit dem Auto fahren wollte ich auf keinen Fall und fliegen war damals nahezu unbezahlbar. Sollten wir das ganze Unternehmen nicht doch abblasen und uns das Endspiel in aller Ruhe im Fernsehen anschauen?

Während ich diesen Gedanken noch zu verdrängen versuchte, war es Frank, der ihn aussprach. Aber die Art, wie er das sagte, signalisierte mir: »Bitte Mutti, mach' es möglich, dass wir fahren.« Wir mussten einen Weg finden! Wir mussten es schaffen!

Am nächsten Tag hatte Frank eine gute Idee. Er wollte seinen Vater, von dem ich seit ein paar Jahren geschieden war, bitten, uns das Wohnmobil zu leihen, und Paul erklärte sich bereit, den Chauffeur zu spielen. Das war die Rettung. Auf die Art und Weise brauchten wir noch nicht einmal ein Hotel zu suchen. Meine Angst, nach dem Spiel spät abends im Gelände des Parkstadions kein Taxi mehr für die Rückfahrt zum Hotel zu bekommen, war damit auch überflüssig. Ja, das müsste gehen.

Zuversichtlich und voller Vorfreude verlebten wir das Wochenende. Dass ich mir noch große Sorgen um die Karten machte, ließ ich mir nicht anmerken. Franks Nerven waren auch so schon bis zum Äußersten angespannt. Dass inzwischen gerüchteweise verlautete, das Spiel finde nicht in Paris, sondern in Bordeaux statt, hörten wir zwar, verdrängten aber alle weiteren Gedanken daran.

Am Montagmorgen, am 22. April, rief ich vorsichtshalber in dem Reisebüro in Unna an, um zu fragen, ob von dort aus eine Reise durchgeführt würde, denn noch wusste ich ja nicht, ob wir Eintrittskarten aus München bekämen. Und wirklich, es sollte eine Busfahrt stattfinden, bei der noch Plätze frei waren. Das Ziel war Bordeaux. Der Verlauf war so geplant, dass es am Montag, dem 13. Mai abends ab Dortmund losgehen sollte. Am 14. wären wir gegen Mittag in Cognac, einer kleinen Stadt circa 120 Kilometer von Bordeaux entfernt. Dort würden wir übernachten, um am 15.Mai nach einer Besichtigungstour nach Bordeaux weiterzufahren. Direkt nach dem Spiel sollte es in der Nacht zurück nach Dortmund gehen. Von da aus müssten wir natürlich noch nach Köln fahren.

Zwei Nachtfahrten im Bus, die anstrengenden Tage dazwischen, das aufregende Spiel – das konnte ich in dieser Form Frank nicht zumuten. Das war für mich klar. Nicht aber für Frank. Er wollte diese Fahrt machen. Er traute sich die Strapazen zu und obwohl ich wusste, dass er das Risiko nicht wirklich abschätzen konnte, wusste ich auch, wie unglücklich er wäre, wenn ich nein sagte, wie wichtig diese Reise ihm war und dass ich sie einfach wagen musste.

Frank war Rollstuhlfahrer und krank. Aber trotzdem mussten wir etwas wagen. Nur dann konnten wir gewinnen. Wir wollten unsere Möglichkeiten ausschöpfen und wir ließen uns unsere Grenzen nicht zu eng stecken.

Um zehn Uhr schickten wir ein Fax nach Unna, mit dem ich Frank, Paul und mich für die Fahrt anmeldete. So glücklich und ausgeglichen wie von diesem Augenblick an hatte ich Frank schon seit Tagen nicht mehr erlebt. Er war wie verwandelt. Eine Zentnerlast war von ihm abgefallen. Sooft ich Frank anschaute, wusste ich: Ich hatte richtig gehandelt – und hatte gefälligst meine Sorgen für mich zu behalten und ihm nicht die Freude zu verderben.

Warum ich kurz vor 17 Uhr nochmals im Reisebüro anrief, weiß ich bis heute nicht. Ich wollte eigentlich nur bestätigt bekommen, dass alles in Ordnung war. Stattdessen aber wurde mir gesagt, dass die Fahrt storniert sei, weil es keine Karten gebe.

Noch nicht einmal das Reisebüro hatte Karten bekommen. Wie sollte ich dann an welche gelangen?

Meine letzte Rettung war die Agentur in Düsseldorf. Aber auch dort machte sich Ratlosigkeit breit. Es wurden insgesamt nur tausend bis tausendfünfhundert Karten ausgegeben und die würden wohl ausschließlich dem

Reisebüro, das dem FC Bayern München angeschlossen ist, für eine von München ausgehende Flugreise zur Verfügung gestellt.

Auch mit diesem Reisebüro hatte ich schon lange vorher Kontakt aufgenommen, aber noch keine Antwort bekommen, die mir weitergeholfen hätte. Als ich nun sofort nochmals dort anrief, erfuhr ich als Ansage über Band, dass alle Fax- und Telefonleitungen völlig überlastet seien und deshalb kein Durchkommen sei und dass die Reservierungen für einen Flug von München nach Bordeaux mit Eintrittskarte ausschließlich am Mittwoch, dem 24. April ab neun Uhr vorgenommen werden könnten.

Und nun?

Ich schaute Frank an und begegnete seinem Blick, aus dem Sorge aber auch Hoffnung sprach. Die Neuigkeiten hatten ihn zwar in große Unruhe versetzt, aber sein Vertrauen darauf, dass ich das Problem – waren es nicht eigentlich überwältigend viele Probleme? – lösen würde, schlug mir entgegen. Ich fühlte mich herausgefordert und war bereit zu kämpfen. Mein Entschluss war schnell gefasst: Ich würde am nächsten Tag nach München fahren und in der Geschäftsstelle vorsprechen. Es musste mir gelingen, mein Anliegen so vorzutragen, dass ich die Karten bekommen würde oder die Buchung der Flugreise vornehmen dürfte. Ich würde einfach nicht früher wieder aus der Säbener Straße weggehen, bis ich das erreicht hätte. Und wenn es sein müsste, würde ich die Nacht vor dem Reisebüro verbringen, um am Mittwoch früh rechtzeitig dazusein. Schließlich stellten sich genügend Kölner bereits am Abend vor Öffnung der Kassen am nächsten Morgen an, um Karten für die »Lachende Sporthalle« zu bekommen. Auch für Opernkarten hatte ich schon morgens vor sechs Uhr in Bonn an der Vorverkaufsstelle gewartet. Also würde ich es auch für eine Reise zum Uefa-Cup Spiel tun.

Schnell war mit Franks Pfleger Paul telefonisch geklärt, dass er am nächsten Tag länger bei Frank bleiben und wenn nötig auch bei ihm schlafen würde bis ich aus München zurück war. In aller Eile organisierte ich noch alles, damit ich einen Tag von der Schule wegbleiben konnte und bestellte für den nächsten Morgen das Taxi.

Ich wollte nicht mit dem Bus zum Bahnhof fahren, denn das hätte bedeutet, dass Paul deutlich früher hätte kommen müssen.

Um acht Uhr fuhr ich zum Kölner Hauptbahnhof. Kurz nach dreizehn Uhr war ich in München. Auch dort stieg ich am Bahnhofsvorplatz in ein Taxi und nannte die Säbener Straße als Fahrtziel. Der Fahrer vermutete sofort: »Sie wollen sicher Karten für das Uefa-Cup Spiel.« Das bestätigte ich, und da er mir sympathisch war, erklärte ich ihm den Hintergrund der Aktion. Als er hörte, in welcher gesundheitlichen Situation sich Frank befand, welche Bedeutung diese Reise für ihn hatte und dass Uli Hoeneß auf meinen eindringlichen Bittbrief nicht geantwortet hatte, bot er mir seine Hilfe an. Er gab mir seine Adresse und das Versprechen, dass er mit einem Reporter der Lokalzeitung Verbindung aufnehmen würde, falls ich nichts in der Geschäftsstelle erreichen sollte.

Trotzdem fühlte ich mich recht verloren, als ich vor dem Gebäude mit den vielen roten Rahmen und Zeichen ausstieg und mich auf den Weg in die Büroetage machte. Einer Angestellten gegenüber, die ich auf der Treppe traf, behauptete ich, ich hätte einen Termin bei Herrn Angermann, dem für die Vergabe der Karten Verantwortlichen und sei angemeldet. Dieses beherzte Vorgehen hatte zur Folge, dass sich die sonst stets verschlossene Eingangstür vor mir öffnete und ich im Flur vor all den Büros stand, in denen emsige Betriebsamkeit herrschte.

Ich fragte mich zu Herrn Angermann durch und begann, dem Verdutzten von Frank und von meinem Anliegen zu berichten. Etwas irritiert, aber durchaus hilfsbereit, verwieß er mich an die Sekretärin von Uli Hoeneß, Frau Karin Potthoff. Als ich mich dieser vorstellte und den Brief erwähnte, den ich an Herrn Hoeneß geschrieben hatte, konnte sie es kaum fassen, dass ich um Karten zu bekommen von Köln nach München gefahren war. Ihr wurde aber auch schlagartig klar, welche Bedeutung diese Karten für Frank und mich haben mussten. »Ich weiß von dem Brief und wir hatten auch vor, Ihnen die gewünschten Karten zu reservieren, aber wir wissen bis heute selbst noch nicht, wie viele Karten wir von Girondins de Bordeaux bekommen, über wie viele wir verfügen können.« Als ich entgegnete, dass ich, da ich keine Antwort erhalten hatte, nicht mehr länger hatte warten können, reagierte sie betroffen und war sofort bereit zu helfen. Da noch nicht abzusehen war, ob Karten erhältlich wären, einigten wir uns darauf, dass ich die Flugreise für Frank, Paul und mich buchen würde. Ein Anruf im Reisebüro im gleichen Gebäude genügte, um mir auch dort die Tür zu öffnen. Auf dem Weg dahin stand plötzlich mein Taxifahrer vor mir. »Hoams was dereicht?« fragte er in breitem bayrischen Dialekt. »I koam fei mit Eane mit, wenn's mi brauchen«, fügte er hinzu. Er wäre bereit gewesen, mit zu den Verantwortlichen zu kommen und da für Frank und mich zu kämpfen! Als er erfuhr, dass alles positiv lief, war er sehr froh und wollte auf mich warten, um mich zum Bahnhof zurückzufahren.

Im Reisebüro dauerte es kaum fünf Minuten, bis ich die Anmeldung ausgefüllt und das feste Versprechen hatte, dass wir am 15. Mai von München zum Uefa-Cup Spiel nach Bordeaux fliegen würden!

Jetzt wollte ich nur noch so schnell wie möglich nach Hause und die gute Nachricht überbringen.

Als Frank hörte, was ich erreicht hatte, freute er sich und bedankte sich bei mir für all das, was ich unternommen hatte. Aber ich merkte, dass er nicht gelöst, nicht so glücklich war, wie ich erwartet hatte. Im Laufe der nächsten Tage wurde klar, was ihn bedrückte. Ich hatte nur eine mündliche Zusage, dass mit der Buchung alles in Ordnung ginge. Ich konnte Frank kein Schreiben, kein Flugticket, keine Eintrittskarten vorzeigen. Er hatte erlebt, von wie vielen Seiten wir Absagen erhalten hatten und jetzt war er einfach skeptisch und vorsichtig, um nicht zu sehr enttäuscht zu werden, falls ich vor ihm stehen und sagen müsste, dass alles vergeblich war, dass irgend etwas schief gelaufen war. Ich lachte über seine Angst und versicherte ihm, dass alles in bester Ordnung war. Ich strahlte Sicherheit und Zuversicht aus. In Wirklichkeit aber hatte auch ich Angst. Was war, wenn die Fluglinie Schwierigkeiten wegen Franks Gesundheitszustand machte, wie wir es bei einem früheren Flug schon einmal erlebt hatten? Oder wenn für Rollstuhlfahrer der Eintritt ins Stadion in Bordeaux unmöglich wäre?

Zu diesen organisatorischen Unsicherheiten kam meine Sorge, ob Frank die Reise überhaupt durchstehen könnte. Wir müssten am Tag vor dem Spiel mit der Bahn nach München reisen und im Hotel übernachten. Am nächsten Morgen sollten wir bereits um acht Uhr am Flughafen sein. Was war, wenn Frank einen epileptischen Anfall hatte? Könnten wir ihn trotzdem ins Flugzeug transportieren? Und wie würde er den Tag durchstehen bis Spielbeginn um 20.30 Uhr? Direkt nach dem Spiel würde es wieder zurück nach München gehen, wo wir gegen fünf Uhr morgens landen sollten. Wenn wir dann um sechs Uhr im Hotel wären, wäre Frank vierundzwanzig Stunden wach. Durfte ich ihm das zumuten?

Während mir all diese Gedanken durch den Kopf gingen, wurde ich mir immer sicherer, dass ich Frank diese Reise nicht nur zumuten durfte, dass ich sie für ihn und mit ihm durchführen musste. Er zählte auf mich. Er hatte den festen Willen, sie zu schaffen. »Hindernisse sind da, um überwunden zu werden. – Wer nicht wagt, der nicht gewinnt!« Es gibt viele solcher und ähnlicher Sprüche, und an allen ist etwas Wahres dran. Wir jedenfalls würden es wagen, und wir würden es schaffen.

Heimlich telefonierte ich noch mehrmals mit dem Reisebüro und mit Frau Potthoff in München, um mir immer wieder bestätigen zu lassen, dass alles seinen Gang ging.

Und wirklich – am 10. Mai lag ein Brief vom Reisebüro im Briefkasten. Die rote FC Bayern München Adresse stach mir sofort ins Auge. Mit zitternden Händen öffnete ich den Brief und hatte sie vor mir liegen – die Reisebestätigung. Jubelnd lief ich zu Frank und zeigte sie ihm. Nun hatten wir es schwarz auf weiß: Wir fliegen zum Uefa-Cup Spiel nach Bordeaux!

Während die Ereignisse der vergangenen drei Wochen vor meinem inneren Auge vorbei zogen, war ich aufgestanden, hatte geduscht und mich angezogen. Jetzt wurde es Zeit, Frank zu waschen und anzuziehen. Ich wusste nicht, ob er so früh am Morgen schon Wasser lassen konnte. Aber am Flughafen würde es eine Behindertentoilette geben, und wir wären bestimmt früh genug da, um diese noch in Ruhe benutzen zu können. Außerdem hatte ich Franks Urinflasche im Gepäck, mit der konnten wir uns überall an einen »stillen Ort« zurückziehen. Es gehörte zur Organisation solcher Reisen, dass ich nicht nur an die tägliche Tablettenration und die Notfallmedikamente denken musste, sondern dass ich auch die Flasche und für Notfälle das Handy bei mir hatte. Wenn wir längere Zeit verreisten und kein Hotel mit behindertengerechtem Badezimmer fanden, zerlegte ich auch schon 'mal Franks Dusch-Toilettenrollstuhl, der viel schmaler war als ein normaler Rollstuhl und deshalb durch jede Badezimmertür passte, in seine Einzelteile und verstaute ihn in einem Koffer.

Wir tranken schnell eine Tasse Kaffee und ich packte Brötchen, Butter, Marmelade, Wurst und Käse vom Frühstücksbuffet in einen Plastikbeutel, denn wir beabsichtigten, in Ruhe auf der Fahrt zum Flughafen, die über eine halbe Stunde dauern würde, zu frühstücken.

Unser Taxi stand auch pünktlich vorm Hotel und ab ging es zum Flughafen.

Die ganze Abfertigungshalle schien von Bayern-Fans gefüllt zu sein. Wo man hinblickte, sah man blau-rote Trikots, Fan-Schals, Fan-Westen und gut gelaunte reiselustige junge Menschen. Frank war unter seinesgleichen und in seinem Element.

Das Einsteigen ins Flugzeug ging nicht ganz reibungslos. Frank wurde zwar wie vorgesehen von Zivis, die für den Malteser Hilfsdienst arbeiteten, aus seinem Rollstuhl auf einen besonders schmalen und für Flugzeuggänge passierbaren Stuhl gesetzt, im Flugzeug aber war kein für ihn geeigneter Platz reserviert, so dass wir mit anderen Fluggästen Plätze tauschen mussten, was aus deren Sicht keinerlei Schwierigkeiten bereitete, aber eine längere Diskussion mit den Flugbegleitern notwendig machte. Aber da wir ja schon im Flugzeug waren, zweifelten wir nicht daran, dass eine Lösung des Sitzplatzproblems gefunden würde.

Meine Aufregung und Sorge, die ich in den Tagen vor der Abreise verspürt hatte, legte sich nun völlig. Wir hatten es geschafft. Wir waren wirklich auf dem Flug nach Bordeaux. Alles andere würden wir schon auch noch hinbekommen.

In Frankreich gab es keine Zivis, deshalb kamen nach der Landung und nachdem alle Passagiere ausgestiegen waren, Helfer von der Feuerwehr ins Flugzeug um sich um Frank zu kümmern. Über eine lange Treppe brachten sie ihn in seinem Rollstuhl aufs Rollfeld an den bereitstehenden Bus. Der aber war in keiner Weise rollstuhlfahrergerecht und hatte nur schmale Klapptüren zum Einsteigen. Also rief ich in die Menge der Bayern-Fans, dass einer der Ihren Hilfe brauchte um mitzukommen. Sofort reckten sich uns kräftige Arme entgegen und Frank wurde aus dem Rollstuhl gehoben und auf einen Sitz gesetzt, den ein junger Mann für ihn frei gemacht hatte. Auch der Nebensitzer erhob sich und ließ mich neben Frank sitzen.

Nach einer Stadtrundfahrt stand uns der Tag in Bordeaux zur freien Verfügung. Kurz nach sechs Uhr fuhren wir in mehreren Bussen zum Stadion. Obwohl es nur wenige Kilometer vom Stadtzentrum entfernt ist, dauerte die Fahrt fast eineinhalb Stunden. Viele Fans hatten dem Bordeaux-Wein oder dem mitgebrachten bayrischen Bier zugesprochen und hatten nun kaum noch Hemmungen, während der ganzen Fahrt lauthals einen Song nach dem anderen anzustimmen.

Als wir am Lescau-Stadion ausstiegen, mussten wir uns in die Menschenmasse, die sich vor den Eingängen staute und erst nach einer Körperkontrolle durchgelassen wurde, einreihen. Wir waren schon fast am Ziel, als ein Sicherheitsbeamter von mir verlangte, ich solle zu einem anderen Eingang gehen, denn dieser hier sei nur für Männer und da eine Leibesvisitation durchgeführt wurde, war für mich weibliches Personal zuständig. Ich schaute kurz nach vorn. Dort blickte ich auf die Öffnung zum Stadion, die frei vor uns lag. Dann wendete ich den Kopf zu der Seite, die mir gezeigt worden war. Es befanden sich ungefähr zehntausend Menschen zwischen mir und dem anderen Eingang. Ich würde mich nicht von Frank trennen lassen. Mein »non« und das anschließende »je ne le fait pas«, »ich mache das nicht«

muss sehr überzeugend geklungen haben. Wir durften gemeinsam passieren.

Nun standen wir vor den Aufgängen zu den Sitzplätzen, für die wir Karten hatten. Kurzentschlossen sprach ich jemanden aus dem Reiseleiterteam an, und zusammen mit Pfleger Paul bewegten wir Frank in seinem Rollstuhl die etwa dreißig Stufen hoch zu seinem Platz. Zu dritt kann man mit dem Rollstuhl ohne viel Kraftaufwand so ziemlich jede Treppe überwinden. Ein Helfer muss ihn rückwärts ankippen, zwei Helfer müssen an den Seiten gehen und die Räder drehen und dabei etwas nach oben schieben. Unser Unternehmen führte allerdings nicht zum Erfolg, denn der Ordner dort oben machte uns klar, dass wir mit dem Rollstuhl nicht dableiben durften. Es gab ja spezielle Rollstuhlfahrer und -begleiterplätze. Also bugsierten wir den Rollstuhl auf die oben beschriebene Weise wieder treppab, wobei Paul und ich auch diesmal an den Rädern drehen, aber etwas bremsen mussten.

Da waren wir wieder.

Unser Reiseleiter nahm nun Kontakt zu einem Stadionwächter auf, damit dieser uns den Zugang zu den Rollstuhlfahrerplätzen freigeben sollte. Der aber machte uns klar, dass die Rollstuhlplätze alle bereits von französischen Zuschauern besetzt seien und wir dort keinen Platz mehr finden könnten.

Da standen wir nun. In Bordeaux. Im Lesceu Stadion. Aber offensichtlich ohne Chance auf einen Platz, von dem aus wir das Spiel sehen könnten. Ich war noch so sehr beschäftigt damit, einen Ausweg zu finden und mit den französischen Ordnern zu diskutieren, dass ich kaum darauf geachtet hatte, was Frank wohl bei dieser

Prozedur dachte und empfand. Als er aber jetzt resignierend sagte: »Ich bleibe hier. Ich will das Spiel nicht sehen«, war für mich klar, dass ich kämpfen würde.

Ich kramte mein bestes Schulfranzösisch heraus und erklärte den Ordnern, dass ich nicht von München nach Bordeaux geflogen war und 60 € (damals noch 120.- DM) pro Eintrittskarte bezahlt hatte, um jetzt hier auf dem Vorplatz stehen zu bleiben.

Nach erneuter Diskussion wurde mir der Vorschlag gemacht, Frank und ich dürften zu den Rollstuhlplätzen, Paul aber müsse auf einen anderen, einen »normalen« Platz. Das war zwar ein Teilerfolg, aber ich hatte Paul mitgenommen, weil ich Sorge hatte, dass sich Franks Gesundheitszustand so verschlechtern könnte, dass ich ihn brauchte. Und wie sollten wir uns am Ende des Spiels wiederfinden, bei diesen Menschenmassen? Meine Antwort auf diesen Vorschlag konnte nur »non«-»nein« lauten. Wir waren zusammen hierher gekommen und wir würden zusammen bleiben.

Jemand, der genügend Sicherheit ausstrahlt und Entschiedenheit zeigt, erreicht Vieles, was ein Zögernder nicht schafft. Meine Haltung muss sehr entschieden gewirkt haben, denn wir durften alle drei durch das Tor und zu den Rollstuhlplätzen.

Eine Blaskapelle sorgte für die nötige Stimmung und es war nicht ganz einfach, an den Musikern vorbei zu kommen. Noch ein kurzes Geplänkel mit einem Ordner, der uns erneut zurück schicken wollte, dann hatten wir endlich den Gang erreicht, in dem die Rollstuhlfahrer aufgereiht nebeneinander standen. Neben jedem Rollstuhl befand sich ein Klappsitz für die Begleitperson, unser Pech war nur, dass weder Platz für einen weiteren Rollstuhl noch für eine Begleitperson war.

Es war zwei Minuten vor Spielbeginn, wir standen in unserer Bayern Fankleidung zwischen den Bordelaisen und versperrten den anderen Zuschauern die Sicht. Wir wurden wüst beschimpft und wussten nicht, wo wir hin sollten. Paul und ich duckten uns, um die Sicht frei zu geben. Ich versuchte mit möglichst freundlichem Gesicht den in der Reihe Sitzenden auf französisch zu vermitteln, dass wir genau wie sie ein Fußballspiel sehen wollten zwischen ihrer und unserer Mannschaft, dass wir teure Eintrittskarten für ihr Stadion gekauft hatten und dass wir in keiner Weise Krieg gegen sie führen wollten.

Völlig überrascht, dass ein Fußballfan aus Deutschland sie auf französisch ansprach, ging plötzlich ein Rucken durch die Reihe der Rollstuhlfahrer und es dauerte nicht lange, dann war eine Lücke entstanden, die breit genug war, um Franks Rollstuhl hinein zu schieben. Gerade rechtzeitig, denn die Aufregung hatte bei Frank Wirkung gezeigt:. Sein ganzer Körper fing an zu zucken, zuerst wenig, dann immer stärker und während die Spieler des FC Bayern München auf das Spielfeld trabten, hatte Frank einen epileptischen Anfall!.

In dieser Situation war er zwar völlig unfähig, seinen Körper unter Kontrolle zu halten, sein Geist aber blieb wach, so dass er wusste, was geschah und verstand, was man ihm sagte. »Frank, sei nicht traurig. Das Spiel beginnt ja gerade erst und sicher bist du gleich wieder fit«, tröstete ich ihn und gab ihm seine Valium-Notfall-Tropfen, die er immer in seinem Rucksack hatte. »Die

Tropfen wirken sicher gleich, dann kannst du den weiteren Verlauf des Spiels in Ruhe sehen«, fügte ich noch hinzu.

Waren die umsitzenden Franzosen schon zusehends aufgetaut, als sie hörten, dass ich französisch sprach, so zeigten sie jetzt ihre Solidarität und boten Hilfe an.

Nach etwa zwanzig Minuten ging es Frank wieder gut und er konnte mit Spannung den Spielverlauf verfolgen. Paul und ich knieten auf dem Boden hinter einer Betonbrüstung. Wir hatten sicher die unbequemsten 120.- DM Plätze, die es gab, aber wir waren dabei!

Es war ein tolles Erlebnis zu sehen, wie »unsere Jungs« tatsächlich ihre Tore schossen, unsere neuen Freunde aus der Bayern Kurve zu hören, die Kuhschelle des Allgäuer Bauern wiederzuerkennen und am Schluss des Spiels das 1:3 auf der Anzeigentafel zu lesen. Wir hatten es geschafft. Wir hatten den Uefa-Cup! Frank war am Ziel seiner Bayern-Träume, als seiner Mannschaft der »Pott« überreicht wurde, und er muss ein unbeschreibliches Glücksgefühl empfunden haben, als Jürgen Klinsmann, Franks damaliger Lieblingsspieler, den Cup hochhielt und damit auf die Bayern Fans zulief. Frank hatte es geschafft. Die Bayern hatten den Uefa-Cup gewonnen und er war dabei.

Zu der Freude über den Sieg unserer Mannschaft kam für mich jetzt die Freude über die Fairness der Franzosen. Mir hatte schon eine halbe Stunde vor Spielende jemand seinen Begleitersitz angeboten und angefangen, sich mit mir zu unterhalten. Jetzt aber gratulierten uns die neben uns Sitzenden sogar zu »unserem« Erfolg. Es waren faire Gegner und ein faires Publikum.

Noch bevor andere Zuschauer ihre Plätze verlassen durften, wurden die Rollstuhlfahrer nach dem Spiel nach draußen geleitet und wurden wir Deutschen durch einen Polizeikordon abgeschirmt, so dass wir noch ein wenig von dem Siegesfeuerwerk sahen und dann in Ruhe in unseren Bus einsteigen konnten. Es war kein Problem, auch diesmal hilfsbereite kräftige junge Männer zu finden, die Frank auf seinen Sitz hoben, und mitten in der Nacht ging die Fahrt zum Flughafen. Beim Einchecken wurden wir sehr freundlich und bevorzugt behandelt, Frank ging es auffallend gut und er war rundum glücklich.

Im Flugzeug wurde er ganz selbstverständlich in die Unterhaltung mit einbezogen und ich bin sicher, es gab keinen glücklicheren Fan auf diesem Rückflug als meinen Sohn. Er war stolz auf seine Mannschaft, er war froh, dass er zu Hause keine abwertenden Äußerungen über die Bayern zu hören bekommen würde und er war froh, dass wir es geschafft hatten, diese anstrengende Reise zu unternehmen.

Wir hatten etwas gewagt und wir hatten viel gewonnen: neue Bekanntschaften, mit denen wir Adressen getauscht hatten und mit denen ich heute noch befreundet bin, einen herrlichen Sommertag in einer sehr schönen französischen Stadt, ein spannendes Fußballspiel mit einem wichtigen Sieg, den Uefa-Cup und die Gewissheit, dass man auch als schwerstbehinderter Rollstuhlfahrer viel unternehmen und tolle Sachen erleben kann, wenn man nur genug Mut hat.

Ein Hund

»Mutti, was kostet eine Hundeleine?« Ich schaute meinen damals elfjährigen Sohn erstaunt an, als er diese Frage ganz unvermittelt stellte. Er saß aufrecht in seinem Bett im Zimmer des Kinderkrankenhauses. Vor sich hatte er ein Tablett, auf dem die alte mechanische Schreibmaschine stand, die ich ihm am Tag zuvor mitgebracht hatte. Offensichtlich tippte er eine Liste.

Ich legte das Buch, in dem ich gelesen hatte, weg und wendete meine volle Aufmerksamkeit ihm zu. Die Überschrift »Was ich für meinen Hund brauche« konnte ich schon von weitem erkennen. Als ich mich nun näher setzte und über seine Schulter auf das eingespannte Blatt schaute, las ich:

1 Packung Frolic		4,95 DM
1 Fressnapf		7,50 DM
1 Bürste	ca.	5,00 DM
1 Hundeleine		

Gespannt schaute Frank mich an und versuchte, in meinem Gesicht zu lesen. Wie würde ich auf diese Demonstration reagieren?

Ich wusste, dass ein Hund sein sehnlichster Wunsch war.

Als Frank geboren wurde, war unser Cocker-Spaniel Barney sechs Jahre alt. Er war nicht nur ein schönes, sondern auch ein sehr ausgeglichenes Tier, mit dem meine Kinder heran wuchsen und das sie sehr liebten. Als Barney starb, war Frank fünf Jahre alt. Er zeigte damals seinen Kummer über den Tod unseres Hundes kaum, sondern reagierte sehr still darauf. Aber die Sehnsucht nach einem neuen Hund wuchs in ihm von Jahr zu Jahr.

War es Zufall, dass er gerade jetzt, wo er so schwer krank war, diesem Wunsch wieder Ausdruck gab? Er hatte das Verlangen nach einem Hund nicht häufig ausgesprochen und trotzdem wusste ich, wie tief es in ihm verwurzelt war.

Zwei Jahre zuvor, als seine Krankheit ausbrach, war Frank ebenfalls wochenlang im Krankenhaus gewesen. Er hatte damals im Juni 1986 einen epileptischen Status, der zu einem Koma führte, und er hatte lange Zeit gebraucht, um sich wieder zu erholen.

Als er eines Tages vom Arzt die Erlaubnis bekam, im Rollstuhl kleinere Ausflüge zu unternehmen, machte ich mit ihm mehrmals einen Stadtbummel in Bonn.

Dabei dirigierte mich Frank eines Tages sehr zielstrebig in ein Zoogeschäft und ließ sich einen Hundekorb nach dem anderen zeigen.

»Den da oben im Regal möchte ich mir gern ansehen«, bat er den Verkäufer, als der schon fünf Körbe auf die Ladentheke gestellt hatte. »Ja, der ist genau richtig! Den nehme ich«, strahlte Frank. Ohne zu zögern kramte er das Geld aus seinem Portmonee. Er hatte sich lange nichts von seinem Taschengeld gekauft und konnte sich jetzt diese Ausgabe leisten.

Der weiche hellbraune Schaumstoff-»Korb« hatte etwa die richtige Größe für einen Dackel, und das war damals wohl auch sein Traumhund. Mein Einwand, dass er keinen Hund haben könne, weil der Papa ganz klar und deutlich »nein« gesagt hatte und dass mir diese Entscheidung unumstößlich schien, zählte für Frank nicht. Er handelte nach dem abgewandelten Motto: »Kommt Korb, kommt Hund« und blickte stolz und optimistisch in die Zukunft.

Nie werde ich Franks maßlose Enttäuschung vergessen, als er im September aus dem Krankenhaus entlassen wurde und nach Hause kam. Dort hatten wir alles liebevoll für seinen Empfang vorbereitet und waren ganz besonders gespannt darauf, wie er sich über das kleine Kätzchen freuen würde, das inzwischen bei uns Einzug gehalten hatte.

Seine Schwester Carolin hatte es von dem Pferdehof mitbringen dürfen, auf dem sie ihre Sommerferien verbracht hatte. Zu einem Kätzchen hatte sich der Vater überreden lassen, und weil ich es meiner Tochter gönnte und es auch selbst gern hatte, fand ich es sehr schön, dass dieses niedliche Fellbündel bei uns war. Dass Frank das auch so empfinden würde, stand für mich außer Zweifel.

Wir hatten ihm eine Überraschung angekündigt, wenn er nach Hause käme, so dass er nun sehr gespannt die Tür zum Wohnzimmer öffnete und sein Blick geradewegs auf die breite Ledercouch fiel. Dort stand das drei Monate alte Kätzchen mit erhobenem Schwanz und Frank zugewendetem Köpfchen auf der Lehne und miaute.

Franks Reaktion traf mich völlig unvermittelt. Er war abweisend, äußerlich gleichgültig, aber innerlich nur verletzt. Er, der schon so lange um einen Hund gebettelt hatte, bekam seinen Wunsch nicht erfüllt und die Schwester durfte ein Kätzchen haben! Wie konnten wir glauben, er würde sich darüber freuen?

Es dauerte einen Augenblick, bis ich verstand, was in Frank vorging. Seine Enttäuschung machte mich sehr traurig. Ich hätte ihm seinen Wunsch so gern erfüllt, aber mein Mann ließ sich von seinem »Nein« nicht abbringen und ein Tier gegen seinen Willen zu halten, konnte nur mit Disharmonie und Ärger verbunden sein.

Ich nahm Frank in die Arme, versuchte zu trösten, lockte das Kätzchen zu uns, ließ es Frank auf den Schoß nehmen und schaffte es, dass er Freundschaft schloss mit »Mausi«. Aber seine große Liebe sollte einem Hund gehören.

Leider verschwand Mausi eines Nachts. Es wurden noch zwei Kater angeschafft, aber ein Hund sollte nach dem Willen meines Mannes nicht mehr ins Haus kommen.

Jetzt, zwei Jahre nach Ausbruch der Epilepsie und dem ersten Krankenhausaufenthalt, hatte ein Medikament als Nebenwirkung ein lebensgefährliches Leberversagen hervorgerufen und wir wussten nicht, ob unser Sohn wieder gesund werden würde.

Ich spürte, wie mir die aufsteigenden Tränen die Kehle zuschnürten. Wie gern hätte ich gesagt: »Du darfst wieder einen Hund haben, wir suchen einen für dich. »Statt desssen antwortete ich betont sachlich: »So ungefähr zwölf bis fünfzehn Mark.« Meine Antwort bezog sich auf die Frage, die Frank gestellt hatte, bevor diese ganzen Erinnerungen in mir wach gerufen worden waren.

Aber am Nachmittag, als der Vater zu Besuch ins Krankenhaus kam, sprach ich mit ihm darüber, wie schön es wäre, Frank diesen Wunsch, der so tief in ihm steckte, zu erfüllen. Doch selbst jetzt, in dieser Situation,

34

ließ sich mein Mann nicht von seiner ablehnenden Haltung abbringen. Ich habe nie verstanden, was mit ihm los war. Er hatte doch unseren Barney über viele Jahre gemocht.

Niemand von uns ahnte zu diesem Zeitpunkt, dass es gar nicht mehr so lange dauern würde, bis Frank seinen Hund bekommen sollte.

Im Herbst wurde Frank nach fast dreimonatigem Krankenhausaufenthalt nach Hause entlassen. Er war sehr schwach und hatte häufig epileptische Anfälle. Aber er hatte seinen Lebensmut nicht verloren. Für ihn war klar: Er würde den versäumten Schulstoff nachlernen und er würde wieder gemeinsam mit seinen Freunden herumtoben, musizieren, Übertragungen im Radio oder Fernsehen von Fußballspielen seines Lieblingsvereins, dem FC Bayern München, verfolgen und trotz aller Handicaps ein ganz normaler elfjähriger Junge sein.

Sechs Monate später, im April 1989, beschloss mein Mann, sich von uns zu trennen und zog aus dem gemeinsamen Haus aus. Ich erkannte, dass ich für die weitere Gestaltung meines Lebens selbst verantwortlich war und nachdem ich den ersten Schock überwunden hatte, beschloss ich, mutig nach vorn zu schauen.

Frank hat die Scheidung tief getroffen. Er liebte seinen Vater sehr und hätte ihn so dringend immer in seiner Nähe gebraucht, nicht nur an vorher vereinbarten Tagen. Ihm war es so wichtig, dass alles um ihn herum harmonisch war.

In dieser Situation war für mich schnell klar, dass nichts und niemand mehr gegen die Erfüllung von Franks großem Wunsch sprach. Ich rief die Kinder zu mir und fragte voll freudiger Spannung: »Was meint ihr, sollen wir uns einen Hund anschaffen?« Carolin blieb etwas zurückhaltend. Nicht, dass sie etwas gegen einen Hund einzuwenden gehabt hätte, aber sie war die große Katzenliebhaberin und mit ihren fünfzehn Jahren konnte sie schon richtig einschätzen, dass ein Hund Pflege benötigt. Auch Frank war klar, dass man für einen Hund Verantwortung übernehmen musste, aber dazu war er bereit. Wenn es nach ihm gegangen wäre Tag und Nacht.

Sein Jubel kam aus tiefstem Herzen und er schmiedete sofort Pläne, was er mit seinem Hund alles machen wollte. Dass der ihn auf Schritt und Tritt begleiten sollte, stand außer Frage.

Ich wusste natürlich, dass die Hauptverantwortung für ein Tier bei mir liegen würde, aber auch ich wünschte mir einen Hund und wollte gerne für ihn sorgen.

Und so kam es, dass Frank wenige Wochen später mit klopfendem Herzen ungeduldig wartend an einer Haustür stand, hinter der das Bellen eines Hundes erscholl. Ein kräftiger junger Mann öffnete. Ohne lange zu zögern bat er uns herein. Er wusste ja, warum wir gekommen waren. Wir hatten miteinander telefoniert.

Frank stürmte in die Wohnung und schaute sich suchend um. Ich blieb neben dem Hauseigentümer und ließ mich in das Wohnzimmer führen. Da fiel mein Blick auf einen Hund, der still aber aufmerksam schauend vor der geöffneten Tür zum Garten saß. Er war mittelgroß und hatte langes hellbraunes Fell.

Frank hatte schon entdeckt, wie weich das war. Ohne Scheu hatte er sich neben den Hund auf den Boden gesetzt und begonnen, ihn zu streicheln.

»So, das ist Pepsi«, erklärte Herr Jansen. »Sie ist seit drei Tagen bei uns.« »Haben Sie sie selbst gefunden? Wie kam sie zu ihnen?« wollte ich wissen.

Während Herr Jansen erklärte, dass Spaziergänger den Hund an der Autobahn aufgegriffen und zum Gemeindeamt gebracht hatten, betrachtete ich Pepsi.

Ihr Blick war abwartend. Fragend schaute sie mich an. »Darf ich mit zu euch?«, schien sie zu betteln. Frank hatte alles um sich herum vergessen und sein Gesicht in das wuschelige Fell des Hundes getaucht. »Ich nehme sie!«, hörte ich mich sagen. »Ich nehme sie auf jeden Fall, ich weiß nur noch nicht genau, wie ich alles Notwendige organisieren kann.«

Da tauchte Franks Gesicht auf. Strahlend schaute er mich an. Ich hatte mich sehr spontan entschieden. Es war Liebe auf den ersten Blick. Jetzt erst sah ich die hübschen schwarzen Ränder an den Ohren und den wunderschön geschwungenen Schwanz.

Pepsi war aufgestanden und lief bellend in den Garten. Der Teich hatte es ihr angetan. Mit Schrecken fiel mir ein, dass wir auch einen Gartenteich hatten. Sie würde doch nicht etwa hineinspringen. »Nein, nein«, beruhigte mich Herr Jansen, der meine Gedanken wohl erraten hatte. »Sie bellt nur, wenn sich etwas bewegt, wie zum Beispiel die Fische im Teich.«

Mir kamen Bedenken, ob der Hund sich wohl mit unseren anderen Haustieren vertragen würde. Schließlich hatten wir ja nicht nur Goldfische, sondern auch einen Kater, eine Schildkröte und einen Wellensittich.

Schnell schüttelte ich diese Gedanken ab. Ich hatte in Pepsis Augen gesehen und ich hatte meinen Sohn gesehen. Pepsi würde zu uns kommen, mein Entschluss stand fest.

Auch Frank hatte mein kurzes Zögern bemerkt. Er schob seine kleine Hand in meine große. Ich fasste sie und wiederholte noch einmal: »Wir nehmen Pepsi! Sie muss nur noch ein paar Tage hierbleiben, bis ich zu Hause alles für diesen neuen Hund geregelt habe.«

Ich wusste ja gar nicht, ob sie alleine bleiben konnte, während Frank, Carolin und ich in der Schule waren. Wir wollten sie so holen, dass wir uns auch wirklich in Ruhe um sie kümmern konnten.

Herr Jansen verstand das gut. Er wollte allerdings gleich alle finanziellen Fragen mit mir regeln. Wir setzten uns an den Wohnzimmertisch.

Frank lag wieder neben dem Hund, der es sich auf dem Teppich bequem gemacht hatte und strich sanft über das weiche Fell. Pepsi schien das zu gefallen. Sie hielt ganz still.

Eine Freundin von mir, die sich sehr für den Tierschutz engagiert, hatte davon erfahren, dass dieser Hund an der Autobahn aufgegriffen worden war. Sie hatte die Vermittlung in die Wege geleitet und uns zu Herrn Jansen gebracht. Mit Freude hatte sie meine Reaktion auf Pepsi verfolgt und gehört, wie ich mich spontan entschied, diesen Hund zu adoptieren.

Nachdem ich den Betrag von etwa 400.-DM für Pepsi bezahlt und nochmals versichert hatte, dass ich sie so bald wie möglich holen würde, musste ich nun Frank drängen, sich von dem kuscheligen Hundefell zu lösen und mit nach Hause zu kommen.

Wir verabschiedeten uns von Herrn Jansen. Ich wendete meinen Blick noch einmal zu Pepsi und sah einen Hund, der fassungslos hinter Frank und mir her schaute.

In diesem Augenblick erkannte ich zum ersten Mal, dass Pepsi sprechen konnte. Ganz klar und deutlich sagte ihr Gesichtsausdruck: »Was ist denn jetzt los? Ich denke, ihr nehmt mich mit. Gefalle ich euch denn etwa nicht?«

Schnell verließ ich das Haus, um diesem traurigen Hundeblick zu entkommen. Frank ging schweren Herzens mit mir zum Auto. Er war seinem Ziel schon so nahe gewesen und jetzt sollte er noch einmal Geduld aufbringen und seinen Hund bei fremden Menschen lassen.

»Wenn mit Pepsi bei dir nicht gleich alles so reibungslos klappt, kann sie gern auch noch ein paar Tage zu mir kommen«, hörte ich da plötzlich meine Freundin sagen, Sie hatte wohl ebenso wie Frank gehofft, dass die Übergabe sofort stattfinden würde.

Bevor ich reagieren konnte, war Frank zurückgelaufen, hatte an der Haustür geklingelt und als die sich öffnete einem verdutzten Herrn Jansen fröhlich entgegen gerufen:«Wir nehmen sie doch gleich mit!«

Da Pepsi nicht nur sprechen, sondern auch jedes Wort verstehen konnte, kam sie schwanzwedelnd auf Frank zugelaufen, ließ sich von ihm an die Leine nehmen, die Herr Jansen inzwischen geholt hatte, und war bereit, Frank als ihr neues Herrchen anzusehen.

Ich bestätigte Herrn Jansen, dass ich mit Franks Handeln einverstanden war und dann gingen wir zum zweiten Mal zum Auto.

Obwohl Pepsi auf der Autobahn ausgesetzt worden war, liebte sie Auto fahren über alles. Sie sprang behände auf die Rückbank meines Omega und Frank setzte sich neben sie.

Es war Sommer und Frank hatte kurze Hosen an. Darauf nahm Pepsi jedoch keine Rücksicht. Sie setzte sich sofort auf Franks Schoß oder besser gesagt seine nackten Beine. Ob sie das tat, um besser zum Fenster hinausschauen zu können oder weil sie Frank unbedingt ganz nahe sein wollte, werde ich nie herausbekommen. Dass ihre Krallen kräftige rote Striemen auf Franks Oberschenkeln hinterließen, war allerdings nicht zu übersehen. Frank störten die Kratzspuren überhaupt nicht. Er hatte endlich seinen Hund, alles andere war für ihn zweitrangig.

Zuhause angekommen, rief ich Carolin zu uns, um ihr stolz unsere neue Mitbewohnerin vorzustellen. »Wie heißt dieser Hund denn?«, wollte sie wissen. »Pepsi.« »Dann kannst du sie ja gleich Cola nennen!«, wendete Carolin ein. Frank und ich schauten uns an. Es stimmte. »Pepsi« war kein schöner Name für diesen hübschen und freundlichen Hund, der immer zu lachen schien, wenn er seine Schnauze öffnete, so dass die kleinen weißen Zähne hervorblitzten.

Da wusste ich es: »Elliot – das Schmunzelmonster«. Diesen Film von Walt Disney hatten wir oft angeschaut, und dass dieser Hund ein kleines Schmunzelmonster war, konnte man nicht übersehen.

Es dauerte nur einen Tag, dann hatte Elliot sich an ihren neuen Namen gewöhnt und erfüllte das, was sie für ihre Aufgabe hielt. Sie hütete das Haus, sie hütete unseren Kater, sie hütete unsere Familie und unsere Freunde und vor allem hütete und liebte sie Frank.

Sie tobte mit ihm durch den Garten oder beim Spaziergang über die Felder. Sie spielte mit ihm Fußball. Frank brachte ihr bei, wie sie Pfötchen geben sollte und stellte ihr das Futter hin.

Endlich hatte sich sein Wunsch erfüllt. Er hatte einen Hund. Einen Traumhund schien mir. Denn Elliot war der liebenswürdigste und freundlichste Hund, den man sich nur wünschen kann.

Als Frank nicht mehr laufen konnte und den Rollstuhl benutzen musste, wich Elliot weder zu Hause noch auf den Spaziergängen von seiner Seite.

Sie war eine außergewöhnlich schöne Hündin. Deshalb wurden wir, wenn wir mit ihr spazieren gingen, immer wieder von Leuten, die uns begegneten, angesprochen. Kinder wollten sie gerne streicheln und Elliot ließ sich die Liebkosungen von ihnen gern gefallen. Erwachsene wollten wissen, was für eine Rasse sie sei und ob es möglich wäre, ein Junges von ihr zu bekommen.

Herr Jansen hatte Pepsi-Elliot als Mischling bezeichnet. Der Tierarzt, dem ich sie am zweiten Tag vorstellte, sprach von einem französischen Hütehund. Sehr wahrscheinlich aber war Elliot ein wunderschöner, intelligenter, anhänglicher und charakterfester Tibet-Terrier.

Bei der Anschaffung eines Hundes wäre dessen Aussehen für mich nie entscheidend gewesen. Dass Elliot aber ein auffallend schöner Hund war, sollte für Frank noch sehr wichtig werden.

Wenn Fremde einem Rollstuhlfahrer begegnen, fühlen sie sich unsicher, wissen nicht, wie sie mit ihm umgehen sollen. Möchte er überhaupt angesprochen werden? Kann er, falls man ihn anspricht, verstehen, was man sagt? Kann er antworten? Diese Fragen bilden in den meisten Fällen eine Barriere zwischen Gesunden und Behinderten.

Wenn aber unsere Elliot neben dem Rollstuhl herlief oder um ihn herum tollte, konnte sich kaum ein Spaziergänger ihrem Charme entziehen.

»Der ist aber süß!« oder »Ist der hübsch!«, waren die häufigsten Äußerungen, die dazu führten, dass meist bald ein längeres Gespräch stattfand, zunächst mit mir, schnell aber auch mit Frank. Denn er erzählte jedem gern und voller Stolz davon, dass Elliot auf der Autobahn ausgesetzt worden war und dass wir deshalb nicht genau wussten, wie alt sie war.

Frank fühlte sich in die Bewunderung für seinen Hund einbezogen.. Er war stolz auf ihn und er genoss es, so ganz zwanglos in Gespräche mit fremden Menschen gezogen zu werden.

Mit besonderer Freude erfüllte es ihn immer wieder, dass Elliot auf seine Kommandos hörte und sie befolgte. Selbst als Frank schon nur noch sehr schlecht artikulieren konnte und seine Stimme rau und brüchig war, verstand ihn Elliot ohne Schwierigkeiten und kam, sobald er sie rief.

Neun Jahre lang durfte Elliot ihr Leben mit Frank teilen. Frank ging mit ihr zur Hundeschule, er fuhr mit ihr in Urlaub. Er zeigte ihr, wie man schwimmt und ließ sich von ihr im Allgäu im Hopfensee auf der Luftmatratze durchs Wasser ziehen. Sie durfte dabei sein, wenn Frank und seine Freunde und ich vor dem Fernseher saßen und die Fußballspiele des FC Bayern München sahen. Dann hatte sie ihr Fan-Halstuch umgebunden und bekam bei jedem Tor, das die Bayern schossen, einen Schokodrops.

Elliot verfolgte die Spiele immer genauso aufmerksam wie ihr Herrchen und erkannte an der Stimme des Reporters, wenn ein Tor fiel. Sie brach dann jedes Mal in wildes fröhliches Bellen aus und erwartete ihr Leckerchen. Warum wir ihr bei manchen Toren eines gaben und jubelten, bei anderen dagegen nicht, hat sie glaube ich nie verstanden. An der Stimme des Kommentators lässt sich wohl nicht feststellen, welche der beiden Mannschaften das Tor geschossen hat.

Als Frank starb, brach für Elliot eine Welt zusammen. Ihr Herrchen war plötzlich weg und niemand konnte ihr erklären warum.

Gleichzeitig mit dem geliebten Menschen hatte sie ihre Aufgabe verloren. Sie war doch ein Hütehund und nun war niemand mehr da, den es zu hüten galt. Carolin hatte schon seit langer Zeit eine eigene Wohnung und der Kater lebte auch nicht mehr.

Wenn ich mit Elliot spazieren ging, trottete sie lustlos neben mir her und ihre Traurigkeit verstärkte meine Trauer.

Trotzdem tröstete Elliot mich auch. Sie war ein Bindeglied zwischen meinem Sohn und mir.

Inzwischen war sie in Menschenjahren gerechnet ungefähr neunzig Jahre alt und ich war glücklich über jeden Tag, an dem sie da war, an dem sie mich erinnerte, wie viel Liebe sie Frank gegeben hat, wie sehr sie Anteil daran hatte, dass er trotz seiner schlimmen Krankheit, trotz der schweren Behinderung, Glück empfunden hat und Spaß und Freude hatte und immer wieder über den Hund Kontakt zu anderen Menschen fand.

Elliot starb knapp drei Jahre nach Franks Tod und der Abschied von ihr tat sehr weh.

Die Krankheit

In den ersten Jahren waren Franks Leistungen in der Schule recht gut gewesen, aber der Ausbruch der Epilepsie am Ende des dritten Schuljahres warf ihn aus der Bahn. Nicht nur der Status epilepticus, der Koma ähnliche Zustand im Juni 1986, auch die Grundkrankheit und die Nebenwirkungen der Medikamente, die er nehmen musste, führten zu einer starken Einschränkung seiner Wahrnehmungsfähigkeit und zu einer deutlichen Verlangsamung in allem, was er tat, körperlich und geistig.

Frank nahm täglich Rivotril ein. Davon wurde sein Körper nicht nur aufgeschwemmt, es veränderte auch seine Persönlichkeit. Er, der bisher immer freundlich und witzig gewesen war, sprach nur noch wenig und wurde anderen Kindern gegenüber aggressiv. Mit einem Klassenkameraden, der ihn oft hänselte, verprügelte er sich sogar. Ich kannte meinen Sohn nicht wieder und war über die Gesamtsituation ziemlich verzweifelt.

Da ich inzwischen große Bedenken hatte, ob Frank wohl ärztlich richtig behandelt wurde, hielt ich Ausschau nach fachkompetenten Ärzten und erfuhr davon, dass es in Kehl am Rhein die »Diakonie Kork«, mit einer Klinik für Kinder- und Jugendepilepsie gab, die einen guten Ruf hatte. Ich schrieb an die Klinikleitung und ließ mir Informationsmaterial schicken. Darin stand, dass es außer der ambulanten Sprechstunde auch die stationäre Behandlung gibt, die sich im Normalfall über vier Wochen erstreckt. Weiter hieß es in dem Informationsblatt: »Die

Kinder (zwischen 6 Monaten und 18 Jahren) werden von einem Stationsteam betreut, das aus zwei Stationsärzten/innen, einem/ einer Psychologen/in, Krankenschwestern und Heilerziehungspflegerinnen besteht. Schulpflichtige Patienten besuchen spezielle Klinikklassen. Teil des schulischen Angebots ist die Werktherapie, sowie Sport und Schwimmen. Darüber hinaus besteht neben wechselnden Freizeitaktivitäten ein differenziertes Angebot an therapeutischen und pädagogischen Maßnahmen.«

Frank ging gern zur Schule, er bastelte gern, er trieb gern Sport und liebte Schwimmen. Ich hoffte, dass er sich, falls dies notwendig würde, nicht gegen einen Klinikaufenthalt sträuben würde.

Im Januar 1987, Frank war gerade zehn Jahre alt geworden, fuhren Frank, mein Mann und ich zum ersten Mal zu Dr. Schnabel. Frank wurde eingehend untersucht und es stellte sich heraus, dass er nicht mit dem richtigen Medikament behandelt wurde. Wir erfuhren, dass Rivotril in einer akuten Situation zur Unterbrechung eines Anfalls ein geeignetes Mittel, als Dauermedikament aber ungeeignet ist.

Als wir es in den folgenden Wochen langsam ausschlichen und durch Phenhydan ersetzten, blühte Frank förmlich auf. Zum Glück war die Persönlichkeitsveränderung reversibel, rückgängig zu machen. Was blieb, war die Verlangsamung. Franks frühere Spritzigkeit, seine Wachheit fehlten mir sehr. Leider gelang es aber auch mit dem neuen Medikament nicht, die Anfälle zu unterbinden und Franks Gesundheitszustand war nach wie vor nicht zufriedenstellend.

Deshalb entschlossen wir uns im Januar 1988 dazu,

Frank zur stationären Aufnahme ins Epilepsiezentrum Kork zu bringen.

Natürlich war Frank skeptisch und befürchtete Heimweh zu bekommen. Aber er war auch tapfer genug, um sich zu fügen und hoffte, dass die Informationen, die wir bekommen hatten, keine leeren Versprechungen blieben.

Wir wurden sehr nett in der Klinik empfangen. Frank bekam seinen Platz in einem 2-Bett-Zimmer zugewiesen und begann sofort, seine Bücher, Spiele und Hörcassetten, die er mitgenommen hatte, sehr ordentlich in seinen Nachttisch einzuräumen. Ich packte inzwischen den Koffer aus und hängte und legte die Kleidungsstücke in den Schrank.

Franks Zimmerkollege war nirgends zu sehen.

Als wir fertig waren, beschlossen wir, ins nahegelegene Gasthaus zu gehen.

Der Gasthof »Zum Lamm« sollte in den nächsten Wochen noch oft unsere Zufluchtsstätte werden, wenn wir an den Wochenenden Frank besuchen kamen und ihn für ein paar Stunden aus der Klinik herausholten. Wir ließen uns das Essen schmecken und genossen den gemeinsamen Abend.

Kurz vor zwanzig Uhr mussten wir wieder in der Klinik sein und als wir pünktlich dort eintrafen, erlebte Frank seinen ersten Schock. Sein Mitpatient war im Zimmer gewesen und hatte Franks Nachttisch umgekippt! Jetzt lagen alle Cassetten, Malstifte und Bücher durcheinander auf dem Bett und dem Boden.

Frank weinte und wir bekamen eine Ahnung davon, was uns in den nächsten Wochen erwartete.

Ich hatte schon ein beklommenes Gefühl, als ich am Nachmittag bei unserer Ankunft all die Kinder sah, die mit einem Sturzhelm geschützt auf der Station herumtobten. Viele von ihnen waren deutlich behindert, körperlich und geistig. Wie würde sich Frank hier zurecht finden?

Voller Sorge und traurig verabschiedete ich mich von meinem Sohn und versuchte, mir meine Gefühle nicht anmerken zu lassen und ihn aufzumuntern.

Frank akzeptierte die Situation. Als ich ihn am nächsten Wochenende besuchen kam, berichteten die Betreuer und Schwestern auf der Station ganz begeistert von ihm. Er hatte seinen Weg gefunden, indem er sich sooft er nichts zu tun hatte zu den kleineren Kindern setzte und denen vorlas. Er, der selbst litt, half anderen. Gleichzeitig bekam er auf diese Weise die Anerkennung, die er gerade jetzt dringend brauchte.

Die Berichte aus der Klinikschule und die Gespräche mit dem Psychologen machten deutlich, dass Frank durch die Krankheit erhebliche Lernschwierigkeiten hatte. Sein Wahrnehmungsvermögen und seine Konzentrationsfähigkeit waren stark eingeschränkt. Seine verbalen Fähigkeiten, seine Wortgewandtheit, sein gutes Allgemeinwissen und seine besonderen Kenntnisse in Geschichte und auf dem Gebiet der klassischen Musik täuschten darüber hinweg, dass er den Anforderungen des Gymnasiums eventuell nicht gewachsen sein könnte.

Er war jetzt in der fünften Klasse. Mein Mann und ich hatten uns die Entscheidung, ihn am Gymnasium anzumelden, nicht leicht gemacht. Uns hatte nicht der Ehrgeiz dazu verleitet, es waren ganz klare pragmatische

Überlegungen. Wenn Frank nach dem vierten Schuljahr zur Hauptschule gewechselt hätte, wäre er mit seiner körperlichen Ungeschicklichkeit und seiner eher verbalen Intelligenz der Außenseiter gewesen. Wenn er zur Realschule gegangen wäre, wäre zwar der Lernstoff etwas einfacher gewesen, aber er hätte sich von seinen Freunden trennen müssen, die gerade für ihn sehr wichtig waren, die Erfahrung mit seinen Anfällen und seinen Schwierigkeiten hatten und ihm immer wieder halfen.

Ich hatte auch ernsthaft darüber nachgedacht, ob eine Schule für Lernbehinderte für ihn richtig sein könnte, aber auch diese Schulform schien mir nicht geeignet zu sein, um Frank wirklich weiter zu bringen. Es war klar, dass er nie einen handwerklichen Beruf würde ausüben können, also mussten wir alles versuchen, um ihm Möglichkeiten zu geben, seinen Intellekt einzusetzen.

Der Psychologe in Kehl warnte uns vor einer zu erwartenden Überforderung Franks. Noch aber erlebte ich meinen Sohn als fröhlichen Gymnsiasten, der sich im Kreis seiner Freunde wohlfühlte.

Das heißt, im Augenblick erlebte ich ihn als heimwehkranken zehnjährigen Jungen, der so gern wieder nach Hause wollte. Vier Wochen war er bereits in der Klinik. Die Medikamentenumstellung hatte sich als problematischer erwiesen als zunächst gedacht. Deshalb wusste niemand, wie lange Frank noch in Kork bleiben musste.

Als mein Mann und ich am Samstag gekommen waren, hatte Frank sich gefreut und wir hatten einen schönen Nachmittag und Abend im Hotel beziehungsweise Gasthof verlebt. Jetzt war es Sonntag vormittag und wir wollten Frank zu einem kleinen Ausflug abholen.

Wie erschrak ich, als ich nachdem man uns die Tür zur Station geöffnet hatte, Frank in einem Bett liegen sah, das auf den Flur geschoben worden war. Hatte er einen schlimmen Anfall gehabt? Eine Schwester sagte uns, dass er einen Darminfekt mit hohem Fieber habe und dass dadurch die Gefahr von Anfällen deutlich erhöht war. Er wurde in ein Zimmer verlegt, das direkt neben dem Schwesternzimmer und nur durch eine riesengroße Glasscheibe von diesem getrennt war. So konnte er ständig beobachtet werden. Frank döste vor sich hin und wir beschlossen, dass mein Mann zurück nach Köln fahren sollte. Ich wollte dableiben, bis es Frank besser ging.

Zum Glück war das bereits am nächsten Tag der Fall. Wir verbrachten den Montag mit Vorlesen, Erzählen und Spielen – und dann musste ich mich verabschieden. Ich hatte mich für diesen Tag in der Schule entschuldigt, aber für den nächsten Tag wurde ich dort wieder erwartet.

Der Abschied war für uns beide sehr schwer. Frank stand vor mir und lehnte seinen Kopf an meine Brust. Er bebte vor Schluchzen und seine Tränen machten meinen Pullover nass. »Schnuffelchen, am Samstag komme ich wieder und dann nehme ich dich entweder mit nach Hause oder wenn das nicht geht, bleibe ich hier bis du entlassen wirst«, versprach ich, jetzt selbst mit einem dicken Kloß im Hals. Die Worte waren nicht nur so dahin gesagt, ich würde mein Versprechen halten, wie auch immer!

Ich drückte Frank noch einmal an mich, dann öffnete mir eine Schwester die Tür und schloss sie hinter mir wieder ab. Ich weinte. Ich weinte auch noch, als ich im Zug saß und über die Situation nachdachte. Warum hatte Frank die schreckliche Krankheit bekommen? Er hatte doch nie etwas Böses getan. Tausendmal von Eltern, deren Kinder an einer schweren Krankheit leiden, gedachte Gedanken, und immer wieder fällt es schwer, eine Antwort zu finden.

Am folgenden Wochenende durften wir Frank abholen. Wir hatten es zunächst einmal geschafft. Frank nahm nun Timonil und Ospolot ein und wir hofften, dass die Epilepsie mit diesen Mitteln in den Griff zu bekommen sei.

Wie schlimm für Frank die Situation in der Klinik war, wurde mir einige Jahre später noch einmal deutlich. Ich hatte wieder den gleichen Pullover an wie damals, als Frank sich erinnerte: »Mutti, an dem Pulli habe ich so sehr geweint, als ich in der Epilepsieklinik war.« Er hatte es nicht vergessen.

Aber auch diesmal war der Erfolg der Medikamentenumstellung nicht befriedigend. Es ging Frank zwar inzwischen wesentlich besser als zu der Zeit, als er Rivotril einnahm, aber er hatte nach wie vor häufige Absencen und einen ständigen Kopftremor, das heißt sein Kopf zitterte immer ein wenig.

Als Frank kurz nach der Geburt motorische Auffälligkeiten zeigte, war ich die Einzige, die diese wahrnahm. Von meinem Mann und meinen Schwiegereltern wurde ich damals als ein wenig hysterisch, überbesorgt angesehen. Auf meinem Weg von Arzt zu Arzt in Franks ersten Lebensjahren suchte ich eine Bestätigung für das, was ich beobachtete. Ich glaubte ja, wenn erst einmal klar wäre, was mit Frank los war, dann könnte ich handeln, die Auffälligkeiten beseitigen, denn mehr als Auffälligkeiten waren es damals für mich noch nicht.

In der Hessingstiftung in Augsburg, in der ich mich zu einem einwöchigen Mutter-Kind-Kurs angemeldet hatte, als Frank ein Jahr alt war, wurde mir zum ersten Mal bestätigt, dass Frank eine Spastik hatte und ich wurde angeleitet, mit ihm nach der Bobath-Methode zu üben. Ich weiß nicht, ob ich etwas falsch verstanden hatte, aber die Aufforderung, Franks Bewegungen im Alltag zu kontrollieren und gegebenenfalls zu verändern, führten dazu, dass ich ihn kaum mehr aus den Augen ließ, um immer rechtzeitig eingreifen zu können.

Weder mein Mann noch Carolin, die damals vier Jahre alt war, fanden das gut und bevor das Familienklima nachhaltig gestört war, suchte ich nach neuen Wegen. Ich hatte inzwischen immer wieder Erkundigungen eingezogen und wusste nun, dass viele Entwicklungsstörungen zu überwinden waren, wenn die Babies oder Kleinkinder nach der Vojta-Methode turnten.

Von einer Krankengymnastin, die Dr. Vojta persönlich kannte, erfuhr ich, dass dieser in München praktizierte. Also meldete ich Frank für eine Untersuchung bei ihm an. Er untersuchte Frank gründlich und stellte dann einen auf seine Bedürfnisse zugeschnittenen Übungsplan auf.

Frank war inzwischen schon über zwei Jahre alt, kräftig und mit einem ausgeprägten eigenen Willen. Da arteten die Übungen häufig in einen Machtkampf aus, bei dem ich mich zwar durchsetzte, aber nach jeder Übungseinheit erschöpft und traurig war. Ich wollte meinem Kind helfen, ein gesundes Leben führen zu können und als Diplomsportlehrerin hoffte ich auch darauf, einen sportlichen Sohn zu haben. Waren meine Hoffnungen, meine Ansprüche zu verwegen? Wir zahlten beide einen hohen Preis, aber es war mir vom Innersten meines Wesens her unmöglich, nichts zu tun, die Entwicklung nur abzuwarten.

Dieser Drang zu handeln, aktiv zu sein, hat mich bis zu Franks Tod nicht verlassen.

Viele Jahre lang kämpfte ich gegen die Krankheit, in der Hoffnung, sie besiegen zu können. Ich suchte bei den Ärzten nach Bestätigung meiner Ängste, wurde lange Zeit beruhigt, ohne selbst wirklich beruhigt zu sein und als ich 1988 mit der Diagnose »Rasmussen-Syndrom« konfrontiert wurde, leugnete ich sie. Ich schimpfte auf den Arzt, der Frank ja gar nicht gut genug kannte, ich suchte nach Anhaltspunkten dafür, dass er sich getäuscht hatte und ich glaubte all den Ärzten, die Frank bis dahin behandelt hatten und von einer gutartigen Kinder- beziehungsweise Jugendepilepsie gesprochen hatten, die sich auswachsen würde. Ich wehrte mich und errichtete einen Schutzwall um mich. Ich war noch nicht stark genug, um die Wahrheit zu ertragen.

Erst als ich fünf Jahre später, als Frank sechzehn Jahre alt war, wusste, dass Frank wirklich an einer chroni- schen Encephalitis, einer chronischen Hirnentzündung litt und aller Voraussicht nach nur noch wenige Jahre zu leben hatte, gelang es mir, die Krankheit und die damit verbundene Behinderung zu akzeptieren und durch diese Akzeptanz Kräfte freizusetzen, die uns geholfen haben, trotzdem glücklich zu werden.

Noch aber war es nicht so weit.

Da ich an eine höhere Macht, an einen Gott glaube, der unseren Lebensplan in seinen Händen hält, war es für mich kein Zufall, als mir im Februar 1992 in der Stadtteilbibliothek ein kleines Büchlein in die Hände fiel, das die nächsten Monate unseres Lebens von Grund auf verändern sollte.

Es war von einer Engländerin geschrieben und erzählte die Geschichte ihres kleinen Sohnes, der bei der Geburt eine Hirnverletzung erlitten hatte und nun nach einer in den USA entwickelten Außenseitermethode ein tägliches Trainingsprogramm absolvierte, um sein Handicap zu überwinden.

Ich hatte nach dem Abendessen angefangen zu lesen und ohne Pause bis tief in die Nacht das, was da geschildert wurde, verschlungen.

Auf einer der Seiten sah man auf einem Foto ein Gebäude, an dessen Vorderseite ein Schild zeigte, worum es sich handelte: »The Institutes for the Achievement of Human Potential, 8801 Stenton Avenue, Wyndmoor Philadelphia«.

Ich konnte meinen Blick nicht mehr von diesem Bild trennen. Zu dem Institut musste ich Kontakt bekommen! Es war nicht schwer, die Telefonnummer zu erkunden und auch wenn es jetzt in Philadelphia circa 21 Uhr und sicher niemand zu sprechen war, wählte ich die Nummer. Ein Anrufbeantworter sagte mir, dass ich wirklich den gewünschten Telefonpartner unter dieser Nummer erreichen konnte.

Es war schon früher Morgen, als ich das Buch aus der Hand legte und schlafen ging.

Sofort am nächsten Tag schrieb ich einen Brief. Ich

schilderte Franks Krankheit, die ich zu diesem Zeitpunkt immer noch für eine Spastik und Epilepsie infolge einer Hirnverletzung bei der Geburt hielt.

Kurze Zeit später hatte ich Informationsmaterial und einen Anmeldebogen vor mir liegen. Zunächst mussten die Eltern der Kinder, die behandelt werden sollten, zu einem einwöchigen Elternkurs nach Philadelphia kommen, ein paar Wochen oder Monate später würde das Kind den Ärzten und Therapeuten vorgestellt und das spezielle Trainingsprogramm ausgearbeitet. Im Abstand von mehreren Monaten fänden dann weitere Untersuchungen statt. Die ganze Behandlung würde sich über zwei bis drei Jahre hinziehen und etwa 20 000 DM kosten.

Wenn ich Franks Vater und den Opa dazu brachte, sich an den Kosten zu beteiligen, konnten wir es schaffen. Ich setzte große Hoffnungen in diese Therapie. Allerdings war es keine leichte Arbeit, meinen geschiedenen Mann von den Erfolgsaussichten zu überzeugen, aber es gelang mir. Eine weitere Schwierigkeit war, dass ich als geschiedene Frau eine Sondererlaubnis des Instituts brauchte, um ohne den zweiten Elternteil anreisen zu dürfen.

Endlich im Juni 1992 saß ich im Flugzeug und flog zum ersten Mal in die USA. Die Orientierung dort fiel mir leichter als ich gedacht hatte und vom nächsten Tag an saß ich eine Woche lang von morgens neun Uhr bis abends sieben Uhr mit hundert anderen Eltern aus aller Welt in einem Hörsaal und lernte viele neue Dinge über die physische und psychische Entwicklung hirnverletzter und gesunder Kinder. Abgesehen davon, dass dies der intensivste Sprachkurs war, den ich je gemacht habe, war ich begeistert von dem, was ich hörte.

Am Ende der Woche hatten die meisten Eltern die Termine für die Vorstellung ihres Kindes bekommen, ich jedoch war schon mehrmals vertröstet worden. Keiner von uns konnte sich das erklären, bis ich die verantwortliche Dame darauf ansprach. Was ich da hörte, wollte ich zunächst gar nicht glauben. »Sie sind geschieden. Wir geben eigentlich nur Termine an Ehepaare, an verheiratete Personen aus.« Zum ersten Mal in meinem Leben wurde ich deswegen, weil ich geschieden war, diskriminiert. Ich raffte mein bestes Englisch und mein gesamtes Selbstbewusstsein zusammen und machte ihr klar, dass die Scheidung weder von mir ausgegangen noch gewollt war und dass es doch wohl in erster Linie darum gehen müsste, meinem Sohn zu helfen. Ich ergänzte noch, dass ich es gerade als alleinerziehende Mutter eines behinderten Kindes sowohl zu Hause als auch auf einer Reise in die USA besonders schwer hatte. Als Ergebnis dieses Aufbegehrens erhielt ich einen Termin für Oktober.

Wenn Frank gewusst hätte, was als Trainingsprogramm auf ihn zukam, wäre er nicht mit mir gefahren, das muss ich heute leider zugeben. So aber reizte ihn ein Trip in die USA. Wir wollten die Herbstferien dazu nutzen und nicht nur nach Philadelphia fliegen, sondern von dort aus auch einen Abstecher nach New York und einen nach Washington machen.

Es wurde für uns beide eine wunderschöne Reise. Frank interessierte sich schon immer sehr für Geschichte, so dass Philadelphia im Zusammenhang mit der Unabhängigkeitserklärung für ihn ebenso faszinierend war wie Washington mit den Regierungsgebäuden und dem Arlington Friedhof. Andächtig stand Frank am Grab von J.F.Kennedy, begeistert verfolgte er die Demonstrationen für und gegen Clinton, der kurze Zeit später zum neuen Präsidenten gewählt wurde. Wir standen auf der Aussichtsplattform des World Trade Center in New York und fuhren zur Isle of Liberty zur Freiheitsstatue. Franks Englisch war recht gut, so dass er überall zurecht kam.

Vom Institut in Philadelphia nahmen wir die Anweisungen für die Therapie mit und begannen im November mit Franks Übungsprogramm.

Das erstreckte sich über viele Stunden des Tages und wir brauchten zur Durchführung mehrerer Übungen bis zu vier zusätzliche Helferinnen oder Helfer. Frank musste robben und krabbeln, Leitern hinauf und hinab klettern und an einer Leiter hangeln. Eine wichtige Übung war das »Pattern«, eine Bewegungsart, bei der das Kreuzmuster automatisiert werden soll. Er konnte während dieser Zeit nicht zur Schule gehen. Da zum Intelligenztraining das Zeigen von sogenannten »Bits« gehörte, Karten, auf denen Informationen zu lesen waren, die sich einprägen sollten, nutzte ich diese, um Frank den Lernstoff, den er versäumte, zu vermitteln. Bis tief in die Nacht saß ich und schrieb das auf, was Franks Mitschüler in der Schule lernten.

Frank hatte zu Beginn der Therapie eine Bedingung gestellt: Er wollte auf keinen Fall den Anschluss in seiner Klasse verlieren und wiederholen müssen und er wollte alle Klassenarbeiten mitschreiben. Und er, dem das Lernen in den vergangenen Jahren oft Schwierigkeiten bereitet hatte, schaffte es! Er fand viel Unterstützung bei seiner damaligen Klassenlehrerin und bei seinem Englischlehrer. Er musste sich aber auch mit Lehrern auseinandersetzen, die keinerlei Verständnis für seine Situation hatten, aber er kämpfte sich mit Hilfe seiner Klassenkameraden durch und es gelang ihm, recht ordentliche Arbeiten zu schreiben. Frank war in seiner Klasse sehr beliebt und jetzt, wo er durch die Therapie förmlich aufblühte, wurde er häufig aufgefordert, am Wochenende und abends zu Feten oder Unternehmungen in der Stadt mitzukommen. Er war rank und schlank, sein Gang war deutlich leichter und federnder geworden und er trug den Kopf aufrecht und hoch. Seine Wahrnehmung hatte sich ebenfalls verbessert. Seine rechte Hand war schon seit drei Jahren gelähmt und spastisch und der rechte Arm zuckte ständig. Daran hatte auch die Therapie nichts geändert. Insgesamt aber war der Erfolg unserer Anstrengungen deutlich sichtbar und ich war davon überzeugt, dass wir Frank vor einem Leben als Rollstuhlfahrer bewahren könnten. Aus dieser Zuversicht schöpfte ich die Kraft, die ich selbst brauchte und die Kraft, die ich an Frank weitergab, denn er litt unter den Anstrengungen, die ihm abverlangt wurden.

Und dann kam Frank eines Abends von einer Veranstaltung mit Freunden zurück und klagte darüber, dass sein Kopf ständig zuckte. Ich hoffte, dass wenn er geschlafen hätte, der Spuk am nächsten Morgen vorbei wäre. Aber die Zuckungen traten immer wieder auf und beunruhigten uns sehr.

Ich rief in Philadelphia an und berichtete über diese Entwicklung. Wir wurden angewiesen, die Therapie zu unterbrechen und nach etwa zwei bis drei Wochen wieder aufzunehmen. An den Zuckungen änderte sich jedoch nichts, so dass wir die Behandlung abbrechen mussten.

Ich war sehr enttäuscht und deprimiert.

Wenn ich aber gedacht hatte, Frank ginge es ebenso, sah ich mich getäuscht. Er atmete einfach nur auf.

Später fragte ich ihn einmal nach seinen Gefühlen in dieser Situation. »Ich habe diese Therapie gehasst und war heilfroh, als ich sie aufhören durfte. Da war es mir völlig egal, ob sie etwas brachte oder nicht!«, war seine Antwort.

Ich habe mich seitdem oft gefragt, ob ich Frank die Anstrengungen jener Monate hätte ersparen sollen. Aber ich glaube nach wie vor, dass wir, wenn, wie wir es damals noch annahmen, Franks Hirnverletzung durch Sauerstoffmangel hervor gerufen gewesen wäre, es hätten schaffen können, sie zu überwinden. Aus dieser Hoffnung heraus hatte ich seine und meine Kräfte mobilisiert. Es war nicht meine Art, tatenlos zu bleiben, wenn Schwierigkeiten auftauchten und ich musste damals noch dagegen kämpfen, dass Frank schwerstbehindert wurde.

Diese Zeit im Frühjahr 1993 markiert aber auch den Einschnitt, von dem an ich es glauben musste, dass die Diagnose Rasmussen Encephalitis stimmte und die Krankheit weiter fortschreiten würde.

Vom medizinischen Standpunkt aus sahen wir uns mit der Frage konfrontiert, ob sich Frank einer Operation, einer Hemisphärektomie, der Entfernung einer Hirnhälfte, unterziehen sollte oder ob er sich weiter konservativ behandeln lassen wollte.

Ich besorgte mir aus der medizinischen Abteilung der Kölner Universitätsbibliothek alle greifbaren Veröffentlichungen und arbeitete diese fast ausschließlich in englischer Sprache verfassten Arbeiten und Bücher durch. Ich recherchierte im Internet. Wir zogen verschiedene Fachärzte zu Rate und am Schluss stand sowohl für Frank wie auch für mich fest: Wir würden die Belastungen und Gefahren einer Operation nicht eingehen. Wir würden auf unsere Art kämpfen und versuchen, möglichst viel Lebensqualität für Frank herauszuholen.

Die Prognose war allerdings denkbar schlecht. »Die Krankheit führt nach ihrem Auftreten in den meisten Fällen innerhalb von acht Jahren zum Tod«, hatte der Bonner Arzt nicht übermäßig einfühlsam bei einer Visite im Krankenhaus an Franks Bett geäußert. »Fünf Jahre sind seitdem schon vergangen«, hatte er noch hinzugefügt.

Die Brutalität dieser Aussage führte dazu, dass ich ihm einfach nicht glaubte. Frank würde viel viel länger leben, davon war ich überzeugt.

Frank war dem Gespräch nicht wirklich gefolgt und so konnte ich zum Glück ein anderes Thema anschneiden.

Es gibt Schwierigkeiten

Das Ende des Schuljahrs war inzwischen gekommen. Frank hatte die Fachoberschulreife mit Versetzung in die elfte Klasse erreicht, aber es war uns allen klar, dass er die Oberstufe des Gymnasiums nicht schaffen konnte.

Wir waren schon mehrmals bei der Berufsberatung des Arbeitsamtes gewesen. Obwohl sich die zuständige Mitarbeiterin wirklich bemühte, konnte sie nichts empfehlen, was Franks Interessen und seiner Begabung entsprochen hätte.

Es gab für so schwer Behinderte im Grunde genommen nur die Wahl zwischen der Arbeit in einer Werkstatt oder dem Besuch einer Handelsschule.

Franks Fähigkeiten lagen im intellektuellen Bereich. Er liebte Sprachen, die deutsche ebenso wie die englische, Geschichte und Politik und er war sehr musikalisch.

Buchführung, Rechnungswesen und Betriebswirtschaft gehörte nicht zu dem, was er gern machte. Da wir aber von zwei Übeln das kleinere wählen wollten, entschieden wir uns für die Schule.

Ich meldete Frank im »Haus Rheinfrieden« in Bad Honnef, einer Handelsschule für Körperbehinderte, an und er sollte dort nach den Sommerferien als Internatsschüler einziehen und den Unterricht besuchen.

Ein wichtiges Gesprächsthema im Internat war der spätere Beruf. Mehr noch als gesunde Jugendliche machten sich die behinderten Schülerinnen und Schüler Gedanken darüber, ob sie einen Ausbildungsplatz finden würden und ob sie einmal eine Tätigkeit ausüben könnten, die ihnen Spaß machte und mit der sie genug Geld verdienen würden, um davon leben zu können.

Frank wollte als Kind weder Schornsteinfeger noch Lokomotivführer werden. Er träumte von einem Bauernhof und einer Familie, von einer lieben Frau und von Kindern. Er konnte sich aber auch vorstellen, einmal zu studieren. Dabei war die Fachrichtung sehr unbestimmt, klar war nur, dass es an der Uni München sein sollte.

Aber je weiter die Krankheit fortschritt, desto klarer wurde ihm und uns allen, dass seine Möglichkeiten stark eingeschränkt waren.

Optimistisch hatte ich mir einmal eine Karriere als Sänger für ihn vorgestellt. Warum sollte er nicht seinem Vater nacheifern, der eine sehr gute und ausgebildete Baritonstimme hat und solistisch auftritt?

Frank liebte es, gemeinsam mit seinem Vater zu musizieren. Oft saßen beide nebeneinander am Flügel und spielten Klavier und sangen dazu. Frank lauschte andächtig den Schumann-Liedern und den Loewe-Balladen, gleichermaßen fasziniert von der Musik wie vom Text. Er liebte es, vor Zuhörern zu singen. Im Familienkreis, bei Oma und Opa war er schon mehrmals als Star gefeiert worden.

Aber auch das Vorsingen für die Aufnahme in den Kölner Domchor hatte auf Anhieb geklappt. »Die Forelle« von Schubert hatte Frank sich dafür ausgesucht. Die frische Melodie entsprach seinem Wesen und auch der Text war so, dass er sich die Bilder lebhaft vorstellen konnte. Das Lied war ihm vertraut, denn es gehörte zum immer wieder vorgetragenen Repertoire seines Vaters.

Wie aufgeregt war er im Alter von neun Jahren, als

er vor dem Domkapellmeister Aufstellung nahm und das Lied sang! Wie leuchteten seine Augen, wie erhitzt waren seine geröteten Wangen als er das Lob vernahm und hörte, dass er ohne weitere Vorbereitung zur nächsten Chorprobe kommen und am Festgottesdienst für Fronleichnam, nur etwa drei Wochen später, teilnehmen durfte.

In der darauf folgenden Woche bekam er sein Chorgewand zugeteilt. Ich begann damit, mit ihm den Weg von den Proberäumen zum etwa vierhundert Meter entfernten Dom einzuüben, damit er in der Großstadt Köln nicht verloren ginge.

Frank war ein Knabe des Kölner Domchors.

Am 13. Juni 1986, wenige Tage vor Fronleichnam, bekam er dann seinen ersten epileptischen Anfall und vierzehn Tage später jenen Status epilepticus, nach dem er bis Mitte September in der Kinderklinik in Bonn bleiben musste, wo man versuchte, ihn auf wirksame Medikamente gegen Epilepsie einzustellen.

Aber dann, im Sommer 1989, nachdem sich mein Mann kurz zuvor von mir getrennt hatte, unternahm Frank einen neuen Anlauf, um nochmals in den Domchor aufgenommen zu werden.

Inzwischen hatte ein neuer, junger Domkapellmeister das Amt übernommen. Auch ihn konnte Frank leicht von seinen musikalischen Fähigkeiten überzeugen, so dass er schon am folgenden Sonntag in der Messe im Kölner Dom mitsingen durfte.

Von nun an hatte Frank zweimal in der Woche nachmittags Probe und musste jeden Sonntag schon vor halb neun das Haus verlassen, weil um neun Uhr Einsingen war und um 10 Uhr die Messe begann. Es war klar, dass ich ihn im Auto zu den Veranstaltungen fuhr, anders war es für ihn nicht zu schaffen.

Höhepunkte bildeten Konzerte, zum Beispiel in Düsseldorf und in Belgien, für die noch zusätzlich geprobt werden musste. Frank empfand das aber keineswegs als Belastung. Er hatte sehr große Freude an seinem Leben als Domchorknabe.

Jedenfalls so lange, bis er in der Gruppe von anderen Jungen wegen seiner Behinderung gehänselt wurde.

Franks rechte Hand war zu dem Zeitpunkt ja bereits spastisch gelähmt und er hatte häufig Myoklonien, Zuckungen im Bereich des Schlüsselbeins. Es war für ihn eine ganz neue Erfahrung »Spasti« nachgerufen zu bekommen.

Ich wollte es anfangs gar nicht glauben, dass ausgerechnet in einer christlichen Einrichtung diese Diskriminierung stattfand. Dass aber weder der Seelsorger, der die Jungen zeitweise in ihrer Freizeit betreute, noch der Domkapellmeister, der wiederholt Zeuge der Verspottung wurde, einschritten und ein Gespräch mit den Jungen führten, enttäuschte mich tief. Trotz unserer Bitte weigerte sich der Domkapellmeister, Franks Notenmappe so zu sortieren, dass er sie mit einer Hand halten konnte und die Blätter in der richtigen Reihenfolge vorfand.

Frank hatte große Angst, dass ihm die Mappe in einer Messe herunterfallen könnte und da er erfahren hatte, dass er in der Chorgruppe weder von den anderen Jungen noch vom Leiter Hilfe erwarten durfte, fühlte er sich bald nicht mehr sicher.

Als dann auch noch wegen einer Lappalie allen Dom-chorknaben das verdiente Weihnachtsgeld – ein paar Groschen pro Teilnahme an der Probe – nicht ausge-zahlt wurde, war es mit Franks Motivation zu Ende. Er fühlte sich unverstanden und ungerecht behandelt und ich glaube, er hatte Recht.

Es war schon das zweite Mal, dass er von der Institu-tion Kirche enttäuscht wurde.

Wenige Wochen vor seinem ersten epileptischen Anfall war Frank zur Erstkommunion gegangen und hatte sich anschließend als Messdiener angemeldet.

Wir hatten einen engen Kontakt zur Gemeinde und zum Pfarrer. Doch als Frank krank wurde, als er mo-natelang im Krankenhaus lag, als später die Krankheit voll ausbrach, als er behindert und pflegebedürftig war, hat sich unser Pfarrer kein einziges Mal um Frank oder mich gekümmert. Dabei hätte Frank so dringend Unterstützung im Glauben gebraucht. Um die Frage, warum Gott ihn mit dieser Krankheit strafte, kreisten seine Gedanken immer wieder. Ich wäre sehr dankbar gewesen, wenn mich unser Pfarrer in dem Bemühen unterstützt hätte, Franks Glauben an Gott aufrecht zu erhalten.

Erst Jahre später, in seiner Wahlheimat in Füssen-Wei-ßensee, gelang Frank ein Neuanfang. Hier fand er eine Gemeinde, in der er sich wohlfühlte und einen Pfarrer, den er wieder akzeptieren konnte, zu dem er das Ge-spräch suchte. Dadurch war es ihm vergönnt, vor seinem Tod noch einmal eine Messe zu besuchen und die Kom-munion zu empfangen – Ostern 2000, wenige Wochen bevor er starb.

Nun aber zurück zu dem Problem der Ausbildung und der späteren Berufswahl.

Dass er den Belastungen, denen ein Sänger ausgesetzt ist, nicht gewachsen sein würde, war Frank zu der Zeit, als er im Internat war, längst klar. Mit einer gelähmten Hand und den andauernden Zuckungen, die inzwischen auch die linke Körperhälfte und den Kopf erreicht hatten, konnte er auch kein Instrument mehr spielen. Er hatte Klavier und Trompete gespielt, aber an ein Musikstudium war nun nicht mehr zu denken.

Da Frank ja auf einer Handelsschule war, machte er sich Gedanken darüber, was in diesem Bereich möglich sein könnte.

»Ich bewerbe mich als Telefonist beim FC Bayern München.« Mit diesem Vorschlag überraschte er seine Lehrer und mich eines Tages. Gemeinsam mit der Ergotherapeutin überlegte er, wie eine entsprechende Bewerbung geschrieben werden müsste. Wir hatten damals noch keine direkte Verbindung zu dem Verein, denn Frau Potthoff lernten wir erst knapp zwei Jahre später kennen und ich hatte auch keine Ahnung, was ein Telefonist beim Rekordmeister zu leisten hatte, ich konnte mir aber leicht vorstellen, dass Frank diese Aufgabe nicht würde erfüllen können.

Trotzdem widersprach ich seinem Wunsch nicht. Warum sollte ich ihm die Freude rauben?

Vom Arbeitsamt bekamen wir den Vorschlag, dass Frank sich für eine Ausbildung im kaufmännischen Bereich bewerben sollte. Als Frank hörte, dass einer der Orte, an dem dies möglich wäre, in Bayern lag, war alles bisher ausgestandene Heimweh im Internat vergessen und er war gewillt, sich in Aschau am Inn zu bewerben.

Es wurden auch Bewerbungen an das Berufsbildungswerk Neckargemünd und an den Benediktushof Maria-Veen in Reken geschickt. Ich hoffte natürlich darauf, dass Frank dort, nicht sehr weit von Köln, ausgebildet werden könnte.

Zu deutlich hatte ich noch die ersten Wochen im Internat vor Augen, in denen Frank so großes Heimweh hatte, dass ich mir ernsthaft Sorgen um ihn machte. Aber ich erinnerte mich auch daran, dass er bereit war, sich durchzukämpfen.

»Mutti, hilf mir doch bitte, dass ich es schaffe, hier zu bleiben«, hatte er damals verzweifelt gebeten und sein Vater und ich hatten uns damit abgewechselt, ihn in der ersten Zeit zweimal, später dann einmal in der Woche in Bad Honnef zu besuchen, mit ihm Eis oder Pizza essen zu gehen und ihm die Eingewöhnung dadurch zu erleichtern. Freitags holte ich ihn mittags nach der Schule nach Hause und brachte ihn anfangs montags in aller Frühe, später dann sonntags abends zum Haus Rheinfrieden zurück.

Wie würde er es aber so weit weg von zu Hause schaffen? Noch glaubte ich, dass Frank einmal ein selbständiges Leben in einer betreuten Wohngruppe führen könnte, aber dafür musste er eine Arbeitsstelle haben und musste ich ihn loslassen.

Mitte Januar 1995 lag ein Brief an Frank in unserem Briefkasten. Der Absender war das Berufsbildungswerk Waldwinkel in Aschau am Inn.

Frank hatte eine Zusage für die Ausbildung zum Bürokaufmann bekommen.

Widersprüchliche Gefühle tobten in mir. Ich freute mich natürlich, dass Frank keine Absage erhalten hatte. Es würde ihn stolz machen und es würde für ihn weitergehen.

Aber wie würde er mit der Situation zurechtkommen, so weit von zu Hause weg zu sein? Hatte er sich in seiner Begeisterung für Bayern nicht überschätzt? Würde er nicht vor Heimweh und Sehnsucht nach seinen Freunden krank werden? Wäre ich nicht damit überfordert, an den Wochenenden häufig so eine weite Reise zu unternehmen? Aschau liegt etwa siebenhundert Kilometer von Köln entfernt. Und im Winter, wenn Schnee lag und die Straßen vereist wären? Vielleicht konnte ich ein Zimmer mieten, um nicht immer im Gasthof oder Hotel übernachten zu müssen und in den Schulferien länger dort sein zu können?

»Falls Sie aus irgendeinem Grund von der Maßnahme Abstand nehmen wollen, so geben Sie uns bitte umgehend Bescheid, da viele andere junge Menschen auf einen Platz bei uns warten.« Mit diesem Satz schloss der Brief. Nein, wir würden das Angebot annehmen!

Es wurden uns Termine für Informationsbesuchstage genannt und ich meldete Frank und mich für den 21. April an.

Franks Gesundheitszustand hatte sich in den vergangenen Monaten verschlechtert.

Auch die linke Hand zuckte inzwischen sehr oft und er hatte nicht nur häufiger epileptische Anfälle, es passierte auch immer wieder einmal, dass er plötzlich nicht mehr gehen oder stehen konnte. Er knickte in den Knien ein und fiel deshalb hin. Die Betreuer im Internat gaben ihm dann seine Valiquid Tropfen, aber Frank behauptete mit Nachdruck, dass die Stürze nicht durch Anfälle verursacht waren. Dass ihm im Internat niemand glaubte, machte ihn ziemlich wütend.

Es war sicher nicht einfach für die Lehrer und Betreuer, jedem der Schüler, die die verschiedensten Behinderungen hatten, gerecht zu werden. Aber ich war schon davon enttäuscht, dass die Lehrerin für Textverarbeitung trotz mehrer Telefonate und einem ausführlichen Brief von mir nichts unternahm, um Frank das Schreiben am Computer zu erleichtern. Erst nach einer Intervention beim Schulleiter stellte sie ihm eine extra für Spastiker entwickelte Tastaturabdeckung zur Verfügung, die sogar in der Schule vorhanden war.

Als der Lehrer für Rechnungswesen die Verbesserung einer mangelhaft ausgefallenen Klassenarbeit, die Frank mit viel Mühe und großer Sorgfalt angefertigt hatte, einfach nur mit einem dicken roten Strich durchstrich, wusste Frank nicht, was er falsch gemacht hatte und fühlte sich an viele entsprechende Vorfälle in seiner Gymnasialzeit erinnert.

Dort hatte er zum Beispiel einen Mathematiklehrer, der, als ich ihn in einem Elterngespräch darüber informierte, dass Frank seine rechte Hand nicht mehr gebrauchen konnte und deshalb gerade lernte, mit der linken zu schreiben und zu hantieren, nur ganz lapidar forderte: »Dann soll Frank auf eine Sonderschule gehen.«

Auf meine Frage, an welche Art von Sonderschule er denke und was die Lehrer dort leisten sollten, was nicht auch Franks Lehrer am Gymnasium könnten, wusste er keine Antwort.

Einige Zeit später bat ich ihn um Verständnis dafür, dass Frank in Geometrie es mit einer Hand, noch dazu nur mit der linken, nicht immer schaffte, dass ein Kreis oder eine andere geometrische Figur hundert Prozent exakt gezeichnet war.

Ich hatte Frank eine Metallplatte besorgt, die er unter das Papier legte, auf dem er zeichnete beziehungsweise konstruierte. An das Geodreieck und an das Lineal hatte ich Magnetstreifen geklebt, so dass nicht alles so leicht verrutschte. Ich hatte lange darüber nachgedacht, wie ich ihm die richtigen Hilfsmittel besorgen könnte und in den entsprechenden Geschäften gesucht bis ich die benötigten Dinge gefunden hatte. Auch ein Zirkel, der festzustellen und deshalb für Frank leichter zu gebrauchen war, gehörte dazu. Der Mathematiklehrer hatte für meine Bitte aber nur ein sehr abweisendes »Ich-sehe-Franks-Schwierigkeiten-nicht!« übrig.

Es wurde Frank nicht leicht gemacht, die Hindernisse zu überwinden und trotz der Krankheit seinen Weg zu gehen.

Ende Januar 1995 geriet Frank in einen Zustand, der es notwendig machte, ihn in die Klinik nach Bonn zu bringen. Die Zuckungen hatten sich dramatisch verstärkt und die Anfälle häuften sich.

Leider gelang es nicht, den früheren relativ stabilen Zustand wiederherzustellen.

Als Frank aus dem Krankenhaus entlassen wurde, ging er nicht ins Internat zurück sondern blieb zu Hause.

Schon bald wurde mir klar, dass er nie mehr ins Internat zurückkehren würde und dass ich mich darum kümmern musste, jemanden zu finden, der während ich in der Schule war, Frank versorgen würde. Ich wollte meinen Beruf als Lehrerin weiter ausüben. Das war wichtig für mich persönlich, aber es war auch wichtig für Frank, der als junger Mann – er war inzwischen achtzehn Jahre alt – nicht den ganzen Tag nur von seiner Mutter versorgt werden sollte.

Ich hatte schon in den vergangenen Jahren seit der Scheidung darauf geachtet, dass immer einer seiner Freunde – meist war es Stephan – mit uns in die Ferien fuhr. Je abhängiger Frank wurde, desto wichtiger war sowohl für ihn als auch für mich ein Freiraum, aus dem sich der jeweils andere heraushielt.

Nur so war es möglich, miteinander zu leben, ohne sich zu stark eingeengt zu fühlen.

Ich gab also eine Zeitungsannonce auf und suchte einen Pfleger für Frank. Wir fanden auch schnell einen jungen Mann, der morgens halb acht Uhr kam und bis mittags vierzehn Uhr bei uns blieb. Die finanzielle Belastung wurde zum Glück dadurch gemildert, dass im April 1995 die Pflegeversicherung anlief und Frank in Pflegestufe drei eingestuft war.

Frank war seit März Rollstuhlfahrer. Sein körperlicher Zustand verschlechterte sich rapide, so dass er schon sehr bald gar nichts mehr selbständig tun konnte. Selbst im Sitzen musste er im Rollstuhl abgestützt werden.

In den folgenden Monaten und Jahren brauchte ich immer mehr Hilfsmittel, zunächst nur eine Treppenraupe und einen Badewannenlifter. Später musste ich das Erdgeschoss meines Hauses behindertengerecht umbauen lassen. Wir richteten in meinem früheren Arbeitszimmer ein Bad ein und zwischen Ess- und Wohnzimmer ließ ich eine Zimmertür einziehen. Das ehemalige Esszimmer wurde Franks Zimmer, mit all den Bayernschals und -flaggen und Postern, die er so sehr liebte.

Wir brauchten bald ein Pflegebett und einen Patientenlifter. Es war nicht leicht, die Anschaffung der Hilfsmittel genehmigt zu bekommen. Als Privatpatienten hatten wir es schwerer als es Kassenpatienten haben, die diese geliehen bekommen. Es ging viel Kraft damit drauf, sich mit der Krankenkasse auseinander zu setzen, Kraft, die ich eigentlich für Franks Pflege brauchte. Aber ich musste für ihn kämpfen, wenn ich ihm eine möglichst große Lebensqualität erhalten wollte und wenn ich in der Lage sein wollte, Frank jeden Tag ab Mittag und am Wochenende ganz allein zu versorgen. Er war inzwischen einen Meter neunzig groß und fünfundneunzig Kilo schwer. Wenn er im Rollstuhl saß und auf die Toilette musste, hieß das, ihn sechsmal umsetzen: vom Rollstuhl aufs Bett um ihn auszuziehen, von da in den Rollstuhl zurück um ihn zur Toilette zu fahren, vom Rollstuhl auf die Toilette und dann das Ganze wieder zurück.

Aber weil wir beide, Frank und ich, uns nicht unterkriegen lassen wollten, schafften wir es jeden Tag und behielten dabei unsere gute Laune.

Einmal war mir Frank weggerutscht, als ich ihn auf die Toilette setzen wollte. Ich konnte gerade noch verhindern, dass er hart auf den Steinfliesen aufschlug, aber als er auf dem Boden lag, hatte ich nicht genug Kraft, um ihn wieder auf die Toilette oder in den Rollstuhl zu setzen. Was sollte ich tun?

Wir hatten zu dem Zeitpunkt schon längst nicht mehr

den Pfleger aus der ersten Zeit., sondern im Abstand von zehn Monaten immer wieder einen neuen Zivi.

In den ersten Monaten hatten Franks Freunde und Klassenkameraden Stephan und Ingmar diese Aufgabe übernommen, die inzwischen das Abitur gemacht und bei den Johannitern ihre Zivildienstzeit angetreten hatten. Es war für die Jungs und für Frank eine sehr schöne Zeit. Aber auch mit Tilmann und Sedique hatte sich Frank schnell angefreundet. Sedique war noch bei uns, als Frank starb. Er gehört auch jetzt noch, genau wie Stephan und Ingmar, zur Gruppe meiner engen Freunde und ich bin froh darüber.

Zu jenem Zeitpunkt war Matthias Franks Zivi. Er war gerade nach Hause gefahren und ich sah keine andere Möglichkeit, als ihn wieder zurückzuholen. Dafür musste ich aber Frank etwa fünfzehn Minuten allein lassen. »Das macht nichts, Mutti«, meinte er mit einem verschmitzen Lächeln. »Mach' aber bitte das Fenster auf, damit ich inzwischen ein bisschen braun werden kann!« Frank war ein Schatz. Kein Vorwurf kam aus seinem Mund. Mit einem Scherz entschärfte er die Situation.

Im April 1995 fuhren wir nach Aschau. Frank war jetzt seit etwas mehr als einem Monat Rollstuhlfahrer – »rollstuhlpflichtig« wie der hässliche Fachausdruck dafür lautet, wie wenn es eine »Pflicht« gäbe, den Rollstuhl zu benutzen – und brauchte rund um die Uhr Betreuung und Hilfe.

Im Berufsbildungswerk war man bereit, den Arbeitsplatz so zu gestalten, dass Frank den Computer mit dem Kopf hätte bedienen können und viele andere Anpassungen an seine Behinderung vorzunehmen. Auch eine

Vierundzwanzig-Stunden-Betreuung hätte man zur Verfügung gestellt. Ja, er hätte sogar einmal im Monat in Begleitung von München nach Köln fliegen dürfen, ohne dass uns Eltern besondere Kosten entstanden wären.

Ich konnte nur ungläubig staunen über das, was hier für behinderte junge Menschen investiert wurde. Aber wenn ich mir gegenüber ehrlich war, musste ich auch erkennen, dass Frank selbst hier unter diesen optimalen Bedingungen keine wirkliche Chance hatte.

Den Computer mit dem Kopf bedienen, das klingt gut. Aber was, wenn auch der Kopf zuckt? Wenn die Wahrnehmung gestört ist? Wenn man mit den Augen nicht richtig fixieren kann? Wenn das Sitzen im Rollstuhl zu anstrengend ist und man lieber liegen möchte?

Ich sprach es zu diesem Zeitpunkt noch nicht aus, aber in meinem Inneren war der Entschluss gefasst: Ich würde die Wahrheit nicht mehr länger verdrängen und durch falsche Aktivitäten abzuwehren versuchen. Ich würde alle meine Kraft dafür einsetzen, dass Frank trotz und mit seiner Behinderung ein lebenswertes Leben führen könnte. Wir hatten beide viel Energie und Optimismus. Daraus ließ sich etwas machen!

Im September 1995 schrieb ich an das Berufsbildungswerk Waldwinkel und teilte mit, dass Frank die angebotene Stelle nicht annehmen würde.

Auch von Neckargemünd und von Reken waren inzwischen Einladungen zu einem Vorstellungsgespräch gekommen. Aber wir mussten einsehen, dass Franks Krankheit weiter fortgeschritten war und an eine Ausbildung nicht mehr zu denken war.

Linda

Und dann gibt es noch die Geschichte von Linda. Linda war ein Oh-Wie-Süß. Oh-Wie-Süß hießen Franks Schmusetiere, von denen er nicht genug bekommen konnte und in deren Besitz er gelangte, indem er immer, wenn er eines sah, das er gern haben wollte, ein seliges »Oh-wie-süß« ausrief. Da ich wusste, dass er seine Kuscheltiere wirklich liebte, machte es mir Freude, ihm ab und zu eines zu kaufen.

So war es ziemlich naheliegend, dass ich in jenem Sommer 1986 als Franks Epilepsie zum ersten Mal auftrat und er so lange im Krankenhaus in Bonn sein musste, mit ihm, als es ihm besser ging und wir kleine Stadtbummel mit Frank im Rollstuhl unternehmen durften, ein Spielwarengeschäft ansteuerte.

»Du darfst dir ein Schmusetier aussuchen«, hatte ich ihm versprochen. »Eines, das im Krankenhaus und bald auch zu Hause immer bei dir ist.«

Ich wollte Frank die schwierige Situation etwas erträglicher machen und ich wollte in irgendeiner Weise aktiv sein. Natürlich saß ich jeden Tag von morgens bis abends an Franks Bett, aber ich hatte das Bedürfnis, ihn zu trösten und ein bisschen zu verwöhnen.

Er hatte durch die Krankheit und wie ich später erst erfuhr durch das Medikament Rivotril, das er in einer sehr hohen Dosis bekam, viel von seiner Lebhaftigkeit und Fröhlichkeit verloren.

So fuhren wir eines Tages zu einem Spielwarengeschäft. Frank ging es so schlecht, dass ich bereit war, ihm jedes Tier, das er sich wünschte, zu kaufen. Normalerweise dauerte es – na, nicht gerade Stunden, aber doch ziemlich lange, bis Frank sich entscheiden konnte.

An dem Tag aber zeigte er sehr schnell sehr entschlossen auf ein grünes Steiff-Nilpferd, das nicht nur den berühmten Knopf im Ohr hatte, sondern auch ein Band um den Hals trug mit einem kleinen Pappschild, auf dem der Name »Linda« stand.

Ich hatte fest damit gerechnet, dass Frank sich einen der süßen Hunde oder allenfalls ein Kätzchen aussuchen würde, aber auf ein Nilpferd wäre ich nie und nimmer gekommen.

Von nun an lag Linda im Krankenhaus auf seiner Bettdecke oder auf seinem Kopfkissen und als Frank endlich nach Hause durfte, kam Linda natürlich mit.

Es war ungefähr vier Jahre später, als Frank auf die Idee kam, seine Linda als Talismann für eine Klassenarbeit, die er schrieb, mit in die Schule zu nehmen.

»Linda ist doch viel zu groß«, hatte ich eingewendet. Aber Frank entgegnete nur: »Alle nehmen ein Tier mit«, und war nicht davon abzubringen, sich das Nilpferd unter den Arm zu klemmen.

»Pass gut auf Linda auf!«, ermahnte ich meinen Sohn. »Lass sie nicht im Bus liegen.« Ich kannte ihn und seine Vergesslichkeit.

Das war am Morgen. Jetzt hörte ich, wie der Bus an unserem Haus vorbei fuhr, mit dem Frank von der Schule zurückgekommen sein musste. Da schlug auch schon das Gartentor zu und wenige Sekunden später klingelte es an der Haustür.

Das Mittagessen war fertig und Carolin würde auch gleich kommen.

Ich öffnete die Tür und begrüßte Frank fröhlich. Gerade noch stand er ganz normal wie immer da und schaute mich an, im nächsten Augenblick aber brach er in herzzerreißendes Weinen aus. Der ganze Junge bebte vor Schluchzen.

Mir war schlagartig klar, dass Linda weg war. Es gab für mich auch kaum einen Zweifel, dass Frank sie im Bus hatte liegen lassen. Wichtig war jetzt nur herauszufinden, ob auf dem Weg zur Schule oder auf der Rückfahrt.

»Hast du Linda im Bus vergessen?«, fragte ich denn auch sofort ganz pragmatisch. Wildes Schluchzen war die Antwort. Ich musste also die sanftere Tour wählen.

Ich zog Frank ins Haus, nahm ihn in die Arme und schluckte mein »Hab' ich dir's nicht gesagt« hinunter. Mit möglichst beruhigender Stimme versuchte ich, in ihn zu dringen. »Frank, war es auf der Hin- oder auf der Rückfahrt?« Schluchzen. »Frank, ich kann dir nur helfen, wenn ich weiß, in welchem Bus du Linda vergessen hast.« »Auf der Rückfahrt«, zitterte Frank hervor. »Sie lag auf der hintersten Bank«, fügte er nach einem tiefen Atemzug noch hinzu.

Schon hatte ich den Telefonhörer in der Hand, um die KVB-Leitstelle anzurufen.

Als sich eine Männerstimme meldete, fragte ich, ob es möglich sei, den Fahrer des Busses anzufunken, der um dreizehn Uhr sechsunddreißig an der Haltestelle Erlenweg gehalten hatte und ihn zu fragen, ob jemand ein Steifftier gefunden hatte oder ob es noch irgenwo im Bus lag.

»So etwas machen wir nicht«, bekam ich zur Antwort. »Sie können sich ja gar nicht vorstellen, wie oft etwas in unseren Bussen vergessen wird, wenn wir da jedes Mal über Funk anfragen wollten ...«. Er beendete den Satz nicht.

Frank hatte versucht, das Gespräch mitzuhören und stand erwartungsvoll neben mir. An meinem Gesichtsausdruck merkte er, dass es Schwierigkeiten gab. Da war es wieder, sein Schluchzen, zwar verhaltener als vorhin, aber deutlich genug, um mich anzuspornen, nicht so schnell aufzugeben.

»Ich verstehe das gut«, versuchte ich es diplomatisch. »Aber hier steht ein Junge neben mir, dessen weiteres Schicksal davon abhängt, ob er sein Schmusetier wiederbekommt oder nicht. Können Sie sein Schluchzen hören? Bitte, machen Sie doch eine Ausnahme!«

Franks stoßweiser Atem und mein Flehen erweichten den KVB-Mitarbeiter. »Bleiben Sie 'mal dran, ausnahmsweise ...« kam es durch den Hörer.

Ich warf Frank einen zuversichtlichen Blick zu. Im Hintergrund hörte ich den Funkverkehr. Nach einem kurzen Wortwechsel mit einem Busfahrer kam die erlösende Antwort: »Ein grünes Steifftier lag auf der Rückbank. Sie können es um fünfzehn Uhr achtundvierzig an der Haltestelle Erlenweg beim Busfahrer abholen.«

Ich strahlte und bedankte mich sehr herzlich. Franks Gesicht bekam wieder Farbe und die starren Züge lösten sich. Die Welt war wieder in Ordnung!

Längst war Carolin nach Hause gekommen. Sie hatte halb mitbekommen, worum es ging und inzwischen den Tisch gedeckt. Wir aßen und konnten es kaum erwarten, bis es Zeit wurde, zur Haltestelle zu gehen.

Zehn Minuten nach halb vier schlug ich vor: »Komm

Frank, wir gehen lieber schon 'mal los. Oft kommt der Bus etwas früher und wir wollen ihn doch nicht verpassen!« Gern machte sich Frank mit mir auf den kurzen Weg.

Als wir noch etwa sechzig Meter von der Haltestelle entfernt waren, sahen wir den Bus auch schon kommen. Ich schaute kurz auf die Uhr. Es war zwar erst fünfzehn Uhr fünfundvierzig, aber ich hatte es ja geahnt!

Ich packte Frank an der Hand, damit er beim Laufen nicht hinfiel und gemeinsam rannten wir neben dem Bus her bis zur Haltestelle.

Als sich die Tür öffnete, fragte Frank den Fahrer außer Atem: »Haben Sie das Nilpferd?«

Den fassungslosen Blick des Busfahrers werde ich nie vergessen. Da stand eine keuchende Mutter mit ihrem Sohn mitten in der Großstadt und fragte einen Busfahrer, ob er ein Nilpferd habe. Auch die Fahrgäste in den ersten Reihen, die Franks Frage gehört hatten, schauten mich mit einer Mischung aus Neugier und Mitleid an.

Ich merkte, dass irgendetwas nicht stimmte und trat kleinlaut den Rückzug an.

Frank verstand jetzt überhaupt nichts mehr. »Aber der Mann von der KVB hat doch gesagt …«. »Frank, das war der falsche Bus«, tröstete ich. »Es ist ja auch erst fünfzehn Uhr fünfundvierzig. Der hatte Verspätung und ist gar nicht der achtundvierziger.«

Das leuchtete Frank ein. Er schöpfte wieder Hoffnung.

Da bog auch schon der nächste Bus um die Ecke und hielt vor uns an. Auf dem Armaturenbrett lag friedlich Linda.

»Das ist der richtige Bus. Ich erkenne den Fahrer wieder!«, freute sich Frank.

Die Tür öffnete sich und atemlos rief er dem Busfahrer entgegen: »Ich möchte bitte mein Nilpferd wiederhaben!«

Auch diesmal schauten ein paar Fahrgäste erstaunt. Aber für den Busfahrer war es das Selbstverständlichste auf der Welt, dass er ein Nilpferd durch Köln gefahren hatte und dieses nun freundlich dem strahlenden Jungen zurückgab, der es in seine Arme schloss.

Als Franks Krankheit weit fortgeschritten war und er häufig im Bett lag, lag Linda regelmäßig unter seinem Nacken. Sie war ihm lieber und angenehmer als die »Hörnchen«, die man allgemein als Nackenstütze verwendet. Als begeisterter Bayern München Fußball-Fan schlief Frank natürlich in FC Bayern Bettwäsche. So kam ich auf die Idee, für Linda einen Bayern-Strampelanzug zu kaufen und sie standesgemäß einzukleiden.

Frank hatte entsprechend große Freude daran.

Oft war Linda feucht, weil Frank geschwitzt hatte oder platt gedrückt, weil sein Kopf lange auf ihr gelegen hatte. Manchmal rutschte sie auch zu weit zur Seite, dann bat mich Frank: »Kannst du bitte einmal Linda am Schwanz ziehen?«

Frank und sein Nilpferd waren unzertrennlich geworden. Deshalb habe ich Linda auch neben Frank in den Sarg gelegt.

Manchmal sehne ich mich nach ihr und würde sie gern noch einmal rund klopfen oder am Schwanz ziehen.

Aber es war ja Franks Linda. Sie gehörte zu ihm.

Angst

Immer wieder war aber auch die Angst mein ständiger Begleiter.

In den Jahren, in denen ich dachte, Frank hätte die Chance, gesund zu werden oder doch wenigstens ein eigenständiges Leben zu führen, bereitete mir der Spagat zwischen ihn behüten, so weit wie notwendig und ihm Freiheit zu lassen, so weit wie möglich große Schwierigkeiten.

Seine Freunde fuhren selbstverständlich morgens und mittags mit öffentlichen Verkehrsmitteln zur Schule beziehungsweise zurück nach Hause.

Für mich stellte sich aber die Frage, wie weit Frank dem Gedränge auf einem Bahnsteig oder in der Bahn und im Bus gewachsen war. Er konnte nur eine Hand gebrauchen, um sich festzuhalten. Wenn er bei einer Kontrolle seine Fahrkarte vorzeigen sollte, musste er zwangsläufig auf einen Halt verzichten. Was war, wenn er beim Einsteigen oder beim Aussteigen stolperte? Und würde er beim Umsteigen auf den Straßenverkehr achten können oder würde er im Bestreben seine Freunde nicht aus den Augen zu verlieren, alles um sich herum vergessen?

Diese Gedanken ließen mich nicht los. Mit ihnen schickte ich Frank morgens aus dem Haus, mit ihnen verbrachte ich den Vormittag, immer froh, solange kein Telefonanruf von der Schule oder von einem seiner Freunde kam, mit ihnen stand ich mittags am Fenster und wartete, bis er durchs Gartentor kam.

Ich hatte mich entschieden, ihn gehen zu lassen.

Stephan und Ingmar hatten versprochen, Frank nirgends alleine zu lassen. Das beruhigte mich ein Stück weit. Aber sorglos war ich solange Frank außer Haus war nie.

Auch für Franks Freunde war die Situation nicht immer leicht. Sie waren ja auch noch Kinder, zwölf, dreizehn Jahre alt.

Und dann kam jener Samstag. Frank wollte mit Ingmar in die Stadt fahren. Sie hatten vor, bei Saturn CDs zu kaufen. Ingmar kannte den Weg mit Bus und Bahn gut und ich wollte Frank so normal wie möglich behandeln, also ließ ich ihn mitfahren.

Wenn ich ganz ehrlich bin, fand ich es auch schön, einmal in Ruhe meinen Haushalt machen zu können. Carolin war in der Schule und ich putzte und saugte. Unruhig blickte ich zwischendurch auf die Uhr. Aber die Beiden waren noch nicht zurück zu erwarten. Es würde schon alles glatt verlaufen.

Da klingelte so gegen halb eins das Telefon. Ingmars Stimme überschlug sich fast: »Frau Feuerstein, ich kann nichts dafür! Frank ist einfach weitergefahren, obwohl ich ihm gesagt habe, dass wir aussteigen müssen …«.

Die Kälte kroch mir von den Beinen in die Brust. Trotzdem gelang es mir, äußerlich ruhig zu bleiben. »Wo bist du?«, war meine erste Frage. »In Rodenkirchen, am Bahnhof.« »Ingmar, bitte bleibe dort stehen bis ich komme«, bat ich. »Ich fahre sofort los und suche die Haltestellen ab. Sicher steigt Frank an der nächsten aus.«

Die Angst, was er wohl tun würde, ob er sich orientieren könnte, schnürte mir fast die Kehle zu. Aber Ingmar sollte nichts davon merken. Er hatte seinen

Auftrag auszuführen versucht und war Franks trotziger Bemühung, sich aus der Umklammerung zu befreien, nicht gewachsen gewesen. Auch er machte sich jetzt Sorgen. Ihn musste ich beruhigen.

Ich ließ alles stehen und liegen und setzte mich ins Auto. Beim Losfahren wurde mir klar, dass es gar nicht möglich ist, von Rodenkirchen aus mit dem Auto parallel zu den Straßenbahnschienen zu fahren. Sie nehmen ihren eigenen Weg entfernt von der Straße. Trotzdem fuhr ich die nächsten beiden Haltestellen an und blickte mich suchend nach Frank um.

Doch es gab keine Spur von ihm. Ein Handy hätte es uns ermöglicht, untereinander Kontakt aufzunehmen. Aber das hatte damals noch niemand von uns. Es blieb mir also nichts anderes übrig, als zum Rodenkirchener Bahnhof zurückzufahren, wo ja Ingmar nun schon seit ungefähr einer halben Stunde wartete.

Als ich zur Haltestelle kam, standen da zwei Jungen, friedlich in ein Gespräch vertieft – Frank und Ingmar.

Erleichtert hielt ich an und ließ die Beiden einsteigen.

»Frank, was hast du denn gemacht?«, wollte ich nun natürlich wissen. »Was soll ich gemacht haben? Ich bin an der nächsten Haltestelle ausgestiegen.« »Und wie bist du zurückgekommen?« »Ich bin natürlich über die kleine Fußgängerbrücke zur anderen Bahnsteigseite gegangen und von dort mit der nächsten Bahn zurückgefahren.«

Ich merkte an Franks Blick und an seinem Tonfall, dass er für unsere Aufregung wenig Verständnis hatte. Was war denn schon dabei, einmal eine Station zu weit zu fahren? Das passierte doch häufig irgendjemandem. Und er hatte doch alles richtig gemacht!

Trotzdem musste ich Frank darauf hinweisen, dass er Ingmar gegenüber unfair gehandelt hatte. Ihn hatte er in Bedrängnis gebracht. Aber es fiel Frank in solchen Situationen schwer einzusehen, dass sich Freunde um ihn kümmern sollten. Er fühlte sich sicher und dieses Gefühl wollte ich ihm auf keinen Fall nehmen.

Zum Glück gingen Franks Freunde sehr geschickt vor, wenn sie mit ihm zusammen waren. Sie versuchten einfach, immer mit ihm in Kontakt zu bleiben ohne viel Aufhebens davon zu machen.

Aber es geschah natürlich auch, dass sie bereits im Bus waren und Frank noch hinter ihnen her rannte. Dann war es für sie schlimm, wenn der Busfahrer trotz ihres Hinweises darauf, dass der Freund behindert sei und unbedingt mit dem gleichen Bus fahren müsse, einfach ungerührt die Tür schloss und Frank alleine zurückblieb.

Sie hatten verabredet, in so einem Fall an der nächsten Haltestelle auszusteigen und auf Frank zu warten. Aber wohl war ihnen nicht in ihrer Haut, wenn sie wussten, dass Frank allein an der Umsteigehaltestelle zurückgeblieben war.

Franks Wahrnehmung war durch die Krankheit beeinträchtigt. Deshalb waren wir nie sicher, ob er alleine zurechtkommen konnte. Darüberhinaus machten wir uns auch Sorgen, was geschehen würde, wenn er einen epileptischen Anfall bekäme. Ich hatte ihm zwar eine Halskette mit einem SOS-Anhänger gekauft, in dem sein Name und die Tatsache, dass er epilepsiekrank ist, notiert waren. Aber würde dieser Hinweis rechtzeitig gesehen werden?

Und trotzdem wollte ich Frank so viel Normalität erhalten wie möglich und ließ ihn deshalb zu dem Zeitpunkt noch seinen Weg gehen.

Später, als die Krankheit sich verschlimmert hatte, fuhr ich ihn morgens zur Schule und holte ihn mittags wieder ab, aber mit seinen Freunden gemeinsam, die wie er selbst die Fahrten im Auto dem Gedränge in Bus und Bahn deutlich vorzogen und diese neue Normalität sehr schön fanden. Ich hatte Spaß an dem Geplapper der Jungs und erfuhr auf diesem Weg viel von dem, was sie in der Schule erlebt hatten und was sie zu Hause bewegte. Auch meine Fußballkenntnisse konnte ich erweitern und ich genoss ihre Vertrautheit.

Als Frank im Sommer 1986 nach dem Status viele Wochen in Bonn im Krankenhaus lag, durften wir, als es ihm besser ging, ein kleines Schwimmbecken auf dem Krankenhausgelände benutzen. Es war nicht sehr tief und Frank konnte überall stehen. Die Erfrischung an heißen Sommertagen bereitete ihm Freude und die Bewegung im Wasser tat ihm gut, denn er musste ja wieder gehen und richtig koordinieren lernen.

Als Frank im September immer noch im Krankenhaus bleiben musste und die Tage und damit auch die Wassertemperatur kühler wurden, bekam ich vom Arzt die Erlaubnis, mit Frank im Rollstuhl zu einem Hallenschwimmbad in Bonn am Markt zu fahren und dort mit ihm zu baden und zu schwimmen.

Ich hatte dem Arzt versichert, dass ich als Diplomsportlehrerin und ausgebildete Rettungsschwimmerin jederzeit in der Lage war, auf Frank aufzupassen und hatte versprechen müssen, mich nie aus Franks Reichweite zu entfernen. Wenn Epileptiker im Wasser einen Anfall bekommen, gehen sie sofort unter, wurde mir gesagt. Und das Risiko durften wir natürlich nicht eingehen.

Frank wusste von der Gefahr und den Vorsichtsmaßnahmen nichts. Er war erst neun Jahre alt und machte sich noch nicht viele Gedanken darüber und er sollte unbelastet Spaß am Schwimmen haben. Schließlich hatte es Jahre und unendliche Geduld gekostet, ihn ans Wasser zu gewöhnen und dazu zu bringen, dass er bereit war, auch einmal den Kopf unter Wasser zu nehmen. Inzwischen hatte er das »Seepferdchen« gemacht und getraute es sich, vom Rand ins Wasser zu springen. Vor allem aber ging er sehr gern ins Schwimmbad.

Bei unserem ersten Ausflug in Bonn merkte ich, dass er schon wieder ziemlich fit war. Nach dem Umkleiden rannte er nämlich sofort zum Kinderbecken und sprang hinein. Ich musste mich sputen, um neben ihm zu bleiben und hatte das Gefühl, er wolle sich von mir befreien.

Als ich merkte, dass es ihm lästig war, wenn ich immer neben ihm blieb, ließ ich es zu, dass er sich ein paar Meter von mir entfernte. Ich wusste, dass ich ihn jederzeit innerhalb von Sekunden aus dem Wasser ziehen konnte, falls er einen Anfall bekäme.

Nach kurzer Zeit gefiel es Frank im Kinderbecken nicht mehr und er wollte richtig schwimmen. Ich ging also mit ihm zum tiefen Becken. Jetzt aber würde ich neben ihm schwimmen, am liebsten in der Nähe des Randes.

Als ob Frank meine Gedanken gelesen hätte, sprang er

ins Wasser und schwamm diagonal durch das Becken. Er hatte mich abgeschüttelt.

Er kletterte wieder aus dem Wasser und eröffnete mir: »So, jetzt springe ich vom Einmeterbrett!« Das hatte er noch nie vorher gemacht. Wie sehr hatte ich mir immer gewünscht, dass er mutig sein sollte und sich den Sprung getrauen sollte. Aber doch nicht gerade jetzt!

Mein Verstand sagte mir: »Lass' ihn, er muss es sich beweisen – und dir.« Ich überlegte blitzschnell, ob ich ihn, wenn er nach dem Sprung nicht von selbst auftauchte, rechtzeitig an Land ziehen konnte. Da stand er schon auf dem Brett, schwankend zwar, denn es fiel ihm noch schwer, das Gleichgewicht zu halten, aber stolz und entschlossen.

Ich durfte ihn nicht zurückhalten.

So ermunterte ich ihn: »Und hopp!« Spritzend tauchte Frank ein und sank immer tiefer ins Wasser. Die Angst schnürte mir die Kehle zu, während ich unter dem Brett hin und her schwamm und wartete. Wie lange durfte ich untätig bleiben? Musste ich ihn nicht sofort herausziehen?

Ganz selbstverständlich trieb Frank wieder nach oben, tauchte mit dem Kopf aus dem Wasser auf, paddelte und plantschte vergnügt und schwamm zum Rand.

Ich klatschte Beifall, wie es sich gehörte, wenn der Sohn zum ersten Mal vom Brett ins Wasser gesprungen ist. Meine Angst war mein Problem. Mit Frank durfte ich sie nicht teilen, wenn ich sein Selbstvertrauen nicht zerstören wollte, und mit einem anderen Menschen konnte ich sie nicht teilen, denn es war keiner da.

Ungefähr ein halbes Jahr später war es wieder in einem Schwimmbad, als ich ein albtraumhaftes Erlebnis hatte.

Frank und ich waren zu einem Freizeitbad gefahren, wo es auch ein Warmwasser-Außenbecken gab. Es war noch winterlich kalt, so dass es für Frank besonders reizvoll war, sich in diesem Becken aufzuhalten.

Es herrschte großes Gedränge und wir ließen uns zwischen den anderen Badenden vom Rand hineingleiten.

Im nächsten Augenblick war Frank aus meinem Blickfeld verschwunden.

Dicke Nebelschwaden, die aus dem Wasser aufstiegen, machten es unmöglich, auch nur einen halben Meter weit zu schauen. Frank war einfach im Nebel zwischen den vielen Menschen verlorengegangen.

Mich ergriff Panik. Kein Mensch würde es merken, wenn Frank unterging. Wir alle hatten nicht die geringste Chance, ihn unter Wasser zu sehen und ihn zu finden.

Sollte ich schreien? Was sollte ich rufen? »Frank, Frank?« Das wäre ihm sicher sehr peinlich. Trotzdem musste ich es tun. Ich konnte doch nicht riskieren, dass er ertrank.

Während ich noch mit mir kämpfte, hielt ich mich halb gelähmt vor Angst am Beckenrand fest.

»Hallo Mutti«, tönte es da mit einem Mal neben mir und durch den Nebel erkannte ich das fröhlich lachende Gesicht meines Sohnes, der ganz einfach nur Spaß hatte.

Es gelang mir zurückzulächeln.

Dann aber bremste ich seine Ausgelassenheit und erklärte ihm, dass es zu gefährlich war, wenn ich ihn aus den Augen verlöre. Wir konnten uns ja genauso gut vergnügen, wenn wir direkt nebeneinander blieben. Frank sah das schnell ein und wir spritzten uns gegenseitig nass und ruderten und paddelten Seite an Seite und empfanden dabei keinerlei Einschränkung.

Unvergesslich in meine Erinnerung eingegraben hat sich auch der Abend, an dem Frank mit einer Freundin ins Kino gehen wollte.

Er war damals fünfzehn Jahre alt und konnte noch laufen.

Sie hatten sich einen Film ausgesucht, der um zwanzig Uhr begann und in einem Kino am Ring gezeigt wurde. Wir hatten beschlossen, dass ich Frank am Rudolfplatz absetzen würde und ihn dort um zweiundzwanzig Uhr wieder treffen sollte.

Ich hatte im Kino angerufen und mich nach dem Ende des Films erkundigt, so dass ich wusste, wie lange er lief. Unser Treffpunkt war direkt vor einem Mac Donalds Restaurant, also an einer Stelle, die nicht zu verfehlen war. Das Kino war nur hundert Meter entfernt und mir schien die Angelegenheit überschaubar und nicht allzu riskant.

Beruhigt verabschiedete ich mich also kurz nach halb acht von ihm, fuhr nach Hause und machte es mir bequem, bis ich wieder zurück in die Stadt fuhr.

Ich war schon zwanzig Minuten vor zehn am Treffpunkt. Für das Auto hatte ich sehr schnell einen Parkplatz gefunden. Jetzt betrachtete ich interessiert das Kommen und Gehen der Menschen um mich herum.

Ziemlich genau um zweiundzwanzig Uhr zog ein kleiner Menschenstrom an mir vorbei, der ganz offensichtlich aus dem Kino kam. Ich sperrte die Augen auf um Frank nicht zu verfehlen, sah ihn aber nicht. Die Menschen verliefen sich. Es kamen noch ein paar Nachzügler, dann aber wurde die Straße und der Platz immer leerer und ich stand fast allein da. Es war zweiundzwanzig Uhr fünfzehn.

Voller Unruhe ging ich ein Stück weit den Kaiser-Wilhelm-Ring entlang Richtung Kino. Aber ich durfte ja nur so weit gehen, dass ich unseren Treffpunkt nicht aus den Augen verlor.

Die Straße war nun fast menschenleer und von Frank und seiner Freundin gab es keine Spur.

Um den Rudolfplatz herum gibt es viele kleine Seitenstraßen, die unbelebt und dunkel sind. In meiner Phantasie malte ich mir aus, dass Frank vom Kino aus den Weg nicht gefunden hatte und durch eine dieser Straßen irrte. Gab es in der Gegend nicht auch Prostituierte oder vielleicht einen Jungenstrich? Frank war ein sehr hübscher Junge. Was wäre, wenn ihn jemand in seine Gewalt gebracht hätte?

Wieder einmal empfand ich Angst, die sich zur Panik steigerte. Wieder einmal fühlte ich mich sehr hilflos.

Da fiel mir ein, dass mir Stephans Mutter angeboten hatte, dass ich sie immer, egal zu welcher Zeit, um Hilfe bitten durfte. Jetzt brauchte ich sie.

Ich rief sie von der Telefonzelle am Rudolfplatz aus an und schilderte ihr meine Situation.

»Bleib' wo du bist. Stephan und ich kommen sofort«, versuchte sie mich zu beruhigen.

Ich überlegte, dass ich, wenn sie kämen, durch die umliegenden Straßen laufen könnte, während sie mit

Stephan am Treffpunkt bleiben würde. Dass wir den nicht verlassen durften, war für mich absolut klar. Der Gedanke, dass Frank dahin käme und dort niemand auf ihn wartete, war für mich fast noch schlimmer als der, dass er verschleppt worden war.

Es dauerte nur etwa zwanzig Minuten, dann waren Christa und Stephan da. »Bleib' du hier. Stephan und ich durchsuchen die Umgebung«, schlug Christa vor. Eigentlich hätte ich lieber etwas unternommen anstatt weiterhin nur herumzustehen, aber ich akzeptierte ihren Vorschlag.

Es war kurz vor dreiundzwanzig Uhr.

Die Straße belebte sich wieder. Immer mehr Paare und kleine Gruppen zogen lachend und redend an mir vorbei.

Da sah ich sie – Frank und seine Freundin. Mitten unter den Vielen gingen sie und unterhielten sich. Zielstrebig kamen sie auf mich zu. Keiner von beiden wirkte so, als ob er in irgendeiner Weise ein schlechtes Gewissen hatte oder etwas zu erklären hätte. Sie schauten mich fröhlich an, Franks Freundin verabschiedete sich und Frank wollte mit mir zum Auto gehen.

Ich hatte bisher noch nichts gesagt außer: »Hallo, ihr Beiden.« Franks Verhalten war so unbekümmert, dass ich meine Vorwürfe noch gar nicht loswerden konnte.

Da hatten Christa und Stephan bemerkt, dass Frank da war.

Jetzt war es an Frank, nichts mehr zu verstehen. »Hi, wo kommt ihr denn her?« »Wir haben dich gesucht«, antwortete Stephan erleichtert und vorwurfsvoll zugleich.

»Wieso denn, ich war doch hier mit Mutti verabredet.«

»Ja, Frank«, mischte ich mich jetzt ein, »aber um zwei-undzwanzig Uhr!«, sagte ich mit Nachdruck.

Einen Augenblick musste Frank nachdenken, darüber, was hier los war. Dann hellte sich sein Gesicht auf.

»Der Film, in den wir gehen wollten, war ausverkauft. Da sind wir in einen anderen gegangen, der später anfing.«

Ich atmete tief durch. Meine Angst war schon bei Franks Auftauchen von mir abgefallen, allmählich legte sich auch die Aufregung. Es gab keinen wirklichen Grund, Frank Vorwürfe zu machen. Er hatte etwas ge-tan, was für seine Freundin selbstverständlich war, was auch Carolin an seiner Stelle getan hätte und was sicher auch seine Freunde getan hätten, die gesund waren und sich nicht mit der Mutter verabreden mussten, um ab-geholt zu werden.

Ich sagte Frank zwar, dass ich mir Sorgen gemacht hatte, aber dann verabschiedeten wir uns von Christa und Stephan und gingen zu unserem Auto.

Als wir zu Hause ankamen, hatte Frank mir den gan-zen Film erzählt und ich konnte es sehen: Es war ein sehr schöner Abend für ihn gewesen.

Im Allgäu

Carolin war vier Jahre alt und Frank eineinhalb, als mein Mann und ich im Sommer 1978 beschlossen, Urlaub in Nesselwang im Allgäu zu machen. Wir hatten eine Ferienwohnung am Ortsausgang gefunden. Die Vermieterin war sehr nett und lud uns oft zu sich und in ihren Garten ein. Den Kindern gefiel es. Wir machten viele schöne Wanderungen, gingen schwimmen, erfreuten uns an den Blumenwiesen und dem Muhen der Kühe und fühlten uns wohl.

Etwas abseits auf einem Hügel gelegen gab es einen Bauernhof, den wir von unserer Wohnung aus sehen konnten. »Dort müsste man eine Ferienwohnung mieten können«, sagte ich versonnen. Auch mein Mann fand diesen Gedanken reizvoll und so kam es, dass wir uns ins Auto setzten und in den zu Nesselwang gehörenden Ortsteil Rindegg fuhren.

Und tatsächlich. Als wir um die Ecke bogen, sahen wir es bereits, das uns inzwischen schon gut bekannte Schild mit der Aufschrift »Urlaub auf dem Bauernhof«.

In einem Neubau gab es vier gerade fertig gewordene Ferienwohnungen.

Eine Drei-Zimmer-Wohnung mit Panoramablick auf die Berge bis zur Zugspitze hatte es uns sofort angetan und wir mieteten sie für den nächsten Sommer. Vom Küchenfenster aus hatte man einen herrlichen Blick über die Liftanlage zur Alpspitze und zum Ort Nesselwang und der für das Allgäu typischen Kirche mit ihrem Zwiebelturm, die viele Kalenderblätter schmückt.

Am Abend zuvor hatte ich noch im Nesselwanger Gästemagazin geblättert und gelesen, dass Ehepaar Meier für fünfmal Urlaub in Nesselwang geehrt wurde. »Wie kann man nur fünfmal am gleichen Ort Urlaub machen?« hatte ich meinen Mann verständnislos gefragt. Er hatte nur ein Achselzucken als Antwort gehabt. Familie Schmitz war sogar schon zehnmal in Nesselwang und das Ehepaar Roberts zwanzigmal. Man stelle sich das einmal vor: zwanzigmal hatten diese Leute ihre Ferien im Allgäu verbracht. »Wie einfallslos«, lästerte ich kopfschüttelnd.

Ich merkte gar nicht, dass ich gerade auf dem besten Weg war, es diesen Menschen gleichzutun. Hatten wir doch die Wohnung, in der wir gerade logierten, schon wieder für den Winter reserviert und für den Sommer die auf dem Bauernhof.

Damals ahnte ich ja nicht, dass Frank und ich einmal in einer kleinen Feierstunde das Wachssiegel in Bunt für fünfundzwanzigmal Aufenthalt in Nesselwang entgegen nehmen würden!

Frank genoss die Ferienaufenthalte im Allgäu von Mal zu Mal mehr. Rindegg wurde seine zweite Heimat.

Als wir noch eine Familie waren, fand er es gemütlich, mit seiner Schwester in einem Zimmer zu schlafen, sie immer in seiner Nähe zu wissen. Morgens spielte er gerne noch lange im Schlafanzug bevor er sich anzog. Wenn wir keine Wanderungen unternahmen, hielt er sich mit den Kindern vom Bauer auf dem Hof auf. Sie hatten einen kleinen Spielplatz mit einem selbstgebauten Karussell, einer Wippe und einer Schaukel. Gummitwist war damals gerade in Mode und obwohl Frank nicht so geschickt war wie die Mädchen, hüpfte er gern und ausdauernd mit ihnen.

Frank war immer gern in Gemeinschaft und mit seinen witzigen Einfällen war er bei anderen recht beliebt.

Nach unserer Scheidung kam Carolin noch ein- zweimal mit nach Nesselwang. Ihr aber war es dort zu ruhig, zu langweilig geworden.

So ergab es sich, dass Stephan regelmäßig mit Frank und mir in Ferien fuhr. Er war Franks bester Freund und fühlte sich in Nesselwang genauso wohl wie Frank. Auch er liebte das Land Bayern, die Stadt München und den Fußballverein FC Bayern München.

Gemeinsam sammelten die beiden Jungs Zeitungsausschnitte aus den Münchner Zeitungen, in denen ausführlich über ihren Verein, über das Trainingslager, über die Spieler und den Trainer berichtet wurde. Gespannt verfolgten sie die Spiele im Fernsehen.

Genauso gern aber saßen sie an dem breiten Fensterbrett, auf dem Franks Hund Elliot lag und das uns oft als Kaffeetisch diente und konnten sich nicht satt sehen an den Bergen und den Wäldern.

Wenn ich mit Elliot alleine spazieren ging, winkten sie mir fröhlich vom Fenster aus zu und ich sah ihren Gesichtern an, dass sie irgend etwas ausheckten und dass sie glücklich waren.

Eine besondere Attraktion war für Frank das ABC-Bad. Es hatte zwar als er noch klein war viel Geduld gekostet, ihn ans Wasser zu gewöhnen, als das aber einmal geschafft war, schwamm und tauchte er wie ein Fisch. Mit zunehmendem Alter wurden für die beiden Jungs natürlich Mädchen interessant, und wo kann man die besser beobachten als im Schwimmbad?

Da es damals noch ein Restaurant im ABC-Bad gab, das nur durch eine große Glasfront vom Schwimmbecken getrennt war, gehörte es bald zum regelmäßigen Ablauf, dass wir uns nach dem Schwimmen ins Restaurant setzten und dort etwas aßen. Dabei steckten Frank und Stephan dann die Köpfe zusammen, tuschelten und kicherten und fanden es glaube ich ziemlich überflüssig, dass ich mit dabei war. Franks Behinderung geriet dabei völlig in Vergessenheit.

Frank war solange er noch laufen konnte ein begeisterter Skifahrer. Weil ich es aber seit jeher gehasst habe, in den Ferien morgens um zehn Uhr am Skihang zu stehen und weil Franks Koordinationsstörung befürchten ließ, dass er mit einer Gruppe nicht würde mithalten können, hatte ich für die beiden Jungs einen Privatskilehrer angeheuert. Kalle studierte in München Medizin, wohnte dort im Olympiadorf und war in Nesselwang zu Hause. In den Winterferien arbeitete er als Skilehrer.

Damit verkörperte er für Frank und Stephan genau das, wovon sie träumten.

Er war bereit, in seiner Mittagspause, wenn am Hang wenig Betrieb war, zwischen zwölf und zwei Uhr die beiden Jungs in die Kunst des Skifahrens einzuführen. Auf seinen fröhlichen Gruß »Seid's fit?« freuten sich die Beiden nicht nur jeden Tag, sondern auch schon wochenlang zuvor.

Frank genoss das Skifahren sehr, besonders als er unsicherer beim Laufen wurde, auf den Skiern aber immer noch gut zurecht kam.

Natürlich war auch Elliot immer mit dabei. Normalerweise blieb ich mit ihr auf den Spazierwegen und warf Schneebälle, denen sie nachlief. Wenn aber wenig Skibetrieb war, ließ ich sie auch schon mal von der Leine los, so dass sie freudig kläffend so schnell wie sie in dem Schnee konnte, ihrem Herrchen entgegen lief.

Frank freute sich darüber sehr und war stolz auf seinen Hund, der immer wieder von allen bewundert und wenn er seinen roten Schneeanzug anhatte auch bestaunt und belacht wurde.

Die Ferienwochen in Nesselwang waren für Frank die schönste Zeit des ganzen Jahres. Im Herzen war er ein Bayer. Wie oft fragte er mich, ob wir nicht nach München oder ins Allgäu ziehen könnten. Am liebsten hätte er die Ferienwohnung als Eigentumswohnung gekauft. Aber sie war nicht verkäuflich. Die Bauersleute hatten sie für ihre Töchter eingeplant, die in Carolins und Franks Alter waren und mit denen sich meine Kinder angefreundet hatten. Wie beneidete Frank diese Kinder.

Im Sommer 1995 fuhr ich zum ersten Mal mit Frank als Rollstuhlfahrer nach Nesselwang. Stephan war wie all die Jahre zuvor seit der Scheidung dabei.

Ich hatte zwar erst ungefähr drei Monate Erfahrung im Umgang mit dem Rollstuhl, und mit der Treppenraupe, die wir mitgenommen hatten, noch weniger, aber ich zweifelte keinen Augenblick daran, dass Frank auch mit dem Rollstuhl so schöne Ferien in Nesselwang verbringen würde wie auch in den Jahren zuvor.

Bei der Sozialstation hatte ich darum gebeten, uns jeden Tag für eine halbe Stunde einen Zivi zu schicken, der helfen sollte, Frank auf die Toilette zu setzen, da das

Bad zu eng war, um mit dem Rollstuhl hineinzufahren. Natürlich tauchte die Frage auf, ob Frank wohl wirklich immer genau um dreizehn Uhr Stuhlgang haben würde und was, wenn nicht?

Darüber machte ich mir aber keine großen Sorgen, denn erstens war Frank Weltmeister im richtigen Timen und zweitens gab es im Gemeindezentrum in der Ortsmitte eine sehr gut ausgestattete behindertengerechte Toilette, die öffentlich – zumindest bis achtzehn Uhr – zugänglich war.

Auch wenn wir in unserem Stammhotel in München waren, mussten wir für größere Bedürfnisse eine behindertengerechte Toilette im Hauptbahnhof aufsuchen.

Ich hatte mir fest vorgenommen, für jedes unserer Probleme eine Lösung zu finden.

Wenn ich mit Frank alleine unterwegs war, hatte ich niemanden, der ihn beim Stehen festhielt, so dass ich ihm die Hose weder aus- noch wieder anziehen konnte. Deshalb hatte ich an einer Jeans und an den Unterhosen die inneren und äußeren Beinnähte aufgetrennt und der ganzen Länge nach Klettverschluss daran angebracht. Nun konnte ich den vorderen Teil der Hosen abnehmen, während der hintere, wenn ich Frank auf die Toilette umsetzte, im Rollstuhl liegen blieb. Durch Franks Größe und sein Gewicht war es beim Zurücksetzen schwer, ihn genau auf den Stoffteil zu zirkulieren, aber Übung macht den Meister. Frank konnte die Toilette immer in angezogenem Zustand verlassen.

Längst nicht so unproblematisch wie auf den Prospekten abgebildet war die Benutzung der Treppenraupe. Da fährt eine ältere Dame lächelnd einen fröhlich winkenden älteren Herrn mit eben dieser Treppenraupe anscheinend völlig mühelos eine Treppe hinauf.

Was machte ich nur falsch? Durch Franks Gewicht von etwa fünfundneunzig Kilo konnte von »mühelos« keine Rede sein. Außerdem erforderte das richtige Lenken und an jeder Treppenstufe rechtzeitige Bremsen meine volle Aufmerksamkeit. Da war an Lächeln nicht zu denken. Frank saß auch nicht fröhlich winkend in seinem Sitz. Er war sehr angespannt, denn natürlich konnte er sich ausrechnen, was passieren würde, wenn ich stolpern sollte oder die Raupe kippen würde.

Da war es fast noch harmlos, dass einmal mitten auf der Treppe der Akku nicht mehr wollte, obwohl ich ihn vor der Benutzung noch vorschriftsmäßig gecheckt hatte.

In weiser Voraussicht hatte ich immer dafür gesorgt, dass mindestens eine Person bei uns und eine weitere im Haus anwesend war. So konnte Stephan jetzt Hilfe holen. Gemeinsam zogen und schoben wir das schwere Gefährt bis zum Treppenabsatz, wo wir Frank in seinen Rollstuhl umsetzen konnten.

Aber auch von solchen Zwischenfällen ließen wir uns nicht entmutigen. Wir wollten uns so viel Freiräume wie möglich erhalten und schafften das auch immer wieder mit Einfallsreichtum und der Hilfe vieler netter Menschen, die, wenn sie gefragt wurden, ohne zu zögern halfen.

Zu diesen Menschen gehörte auch Herr Böck, Inhaber des Sporthotels auf der Alpspitze.

Der Nesselwanger Hausberg war in all den Jahren im Sommer wie im Winter unser Ausflugsziel gewesen, egal ob zu Fuß oder im Sessellift.

Als Frank dann häufig epileptische Anfälle bekam, hatte ich für ihn einen Gurt anfertigen lassen mit einem dicken Karabinerhaken. Den konnte er am Liftsitz einhaken um nicht herauszufallen, falls er während der Fahrt einen Anfall bekäme. Frank fand diese Vorsichtsmaßnahme gar nicht gut und schämte sich vor den Leuten. Mit meinem Hinweis darauf, dass dies ein Gurt sei wie ihn auch Bergsteiger zu ihrer Sicherheit benutzten, konnte ich seine Abneigung etwas lindern. Ich machte ihm aber auch klar, dass er nur die Wahl hatte zwischen der Benutzung des Gurtes oder dem Verzicht auf die Fahrt mit dem Sessellift.

Es ließ sich nicht immer vermeiden, dass Frank Zugeständnisse an seine Krankheit machen musste, wenn er sich so viel Handlungsspielraum wie möglich erhalten wollte.

Nachdem er aber nun Rollstuhlfahrer war, musste ich mir etwas Neues einfallen lassen, um ihm die Möglichkeit zu geben, trotz seines Handicaps auf die Alpspitze zu gelangen.

Also nahm ich all meinen Mut zusammen, rief Herrn Böck an und schilderte ihm unsere Situation. Ich erzählte ihm, wie oft und wie gerne Frank auf der Alpspitze und natürlich auch in seinem Restaurant gewesen war und wie viel mir daran gelegen war, Frank nach wie vor Dinge zu ermöglichen, die er als Gesunder getan hatte und die ihm wichtig waren.

Ich war erstaunt, wie selbstverständlich Herr Böck auf meinen Vorschlag einging, dass ich mit Frank, Stephan und Elliot die Mautstraße bis zur Mittelstation hochfahren wollte und er Frank und uns dort in seinen Unimog umsetzen könnte.

Wir verabredeten Tag und Zeit und freuten uns sehr auf unseren Ausflug.

Alles klappte ganz reibungslos. An einem wunderschönen Sommertag gegen elf Uhr waren wir auf der Alpspitze, genau wie alle die Jahre zuvor. Dass das etwas Besonderes war, wurde uns dann aber doch deutlich, als Wanderer zu Fuß am Sportheim ankamen, verwundert schauten, sich suchend umsahen, nochmals erstaunt guckten und dann fragten: »Wie seid ihr denn hier herauf gekommen?«

Ohne zu zögern antwortete Stephan ganz ernsthaft: »Ja, das war ein schweres Stück Arbeit. Halb fünf Uhr sind wir unten losgegangen.«

Als die Frager in Franks vor Schalk und Freude blitzende Augen blickten und Stephans breites Lachen erkannten, stimmten sie in unser Gelächter ein und jedem war klar, wie viel Spaß am Leben Frank trotz seiner schlimmen Krankheit hatte.

In diesem Sommer geschah aber dann auch das, wovor Frank schon lange Zeit Angst hatte. Die Vermieterin teilte uns mit, dass wir die Wohnung nicht noch einmal mieten könnten. Sie sollte in Zukunft von der ältesten Tochter, die heiraten wollte, genutzt werden.

Sowohl Frank als auch ich hatten in diesen Ferien erkannt, dass die Wohnung für einen Rollstuhlfahrer kaum geeignet war. Aber wir hatten beide versucht, so zu leben und zu handeln wie zu der Zeit, als Frank noch herumtoben und laufen konnte.

Jetzt war eine Entscheidung gefallen, die von uns nicht mehr zu beeinflussen war.

Für Frank ging ein Lebensabschnitt zu Ende. Er hatte

einen wichtigen Teil seiner Kindheit in dieser Wohnung, auf diesem Bauernhof in Nesselwang im Allgäu verbracht. Hier hatte er sich glücklich und frei gefühlt. Jetzt hieß es Abschied nehmen.

Zum ersten Mal seit Franks Krankheit als Rasmussen-Syndrom diagnostiziert worden war, fiel ich in ein tiefes Loch. Der Arzt hatte drei Jahre zuvor davon gesprochen, dass Frank noch circa zwei Jahre zu leben hätte und ich hatte vor, die Zeit, die uns blieb, so schön und intensiv wie möglich mit ihm zu verbringen. Aber jetzt fühlte ich den Boden unter meinen Füßen weggezogen.

Frank war in Rindegg so glücklich gewesen, dass ich eher überlegt hatte, noch öfter und länger hier mit ihm zu verweilen als dass ich freiwillig von der Wohnung gelassen hätte.

Frank nahm die Ankündigung ohne zu klagen zur Kenntnis. Wenn er geweint hätte, hätte ich ihn trösten können. Durch sein Schweigen fühlte ich mich noch hilfloser.

Als er in der Ferienmitte von seinem Vater abgeholt wurde, weil der den Rest der Ferien mit ihm im Wohnmobil reisen wollte, als er und Frank sich von mir verabschiedeten und ich allein auf dem Hof stand, war ich über Franks, über unser Schicksal so verzweifelt wie noch nie zuvor.

Alles schien mir verloren und sinnlos. Ich lief mit Elliot über die Felder und weinte.

Franks heile Welt war nach der Scheidung zum ersten Mal in die Brüche gegangen. Jetzt war sie zum zweiten Mal zerstört worden. Ich fühlte mich zu kraftlos, um positiv in die Zukunft zu schauen. Ich wollte dem Schicksal seinen Lauf lassen und war kurz davor aufzugeben.

Die Wende kam ganz plötzlich. Am nächsten Morgen ging ich zum Telefon und rief unsere Hautärztin in Köln an, um den alljährlichen Routineuntersuchungstermin für Franks Pigmentflecken festzulegen. Mir war kurz nach Franks Geburt ein malignes Melanom operativ entfernt worden, deshalb ließen wir alle, Carolin, Frank und ich, uns vorsichtshalber jedes Jahr einmal untersuchen und für Frank war die Zeit dafür nach den Ferien gekommen. Mir war die Vorsorgeuntersuchung für ihn trotz allem wichtig!

Nachdem dieser Schritt getan war, wollte ich den nächsten tun. Ich setzte mich ins Auto und fuhr über die Dörfer rund um Nesselwang. Jedes Haus, in dem Ferienwohnungen angeboten wurden, nahm ich in Augenschein.

Am dritten Tag hatte ich bestimmt zwanzig Wohnungen besichtigt. Aber ich hatte keine gefunden, die mit unserer bisherigen auch nur annähernd vergleichbar war. Die, von denen aus man die Berge sehen konnten, lagen alle im Obergeschoss und das war nur in einer einzigen, in einem Hotelappartement, mit dem Fahrstuhl und somit mit dem Rollstuhl erreichbar. In fast allen anderen Häusern führten so schmale und steile Treppen nach oben, dass uns auch die Treppenraupe nicht weiterhelfen konnte.

Schließlich buchte ich dann doch eine Erdgeschosswohnung für den nächsten Winter, von der aus man in den Garten und in der Ferne auf die Berge blicken konnte und die mir als vorläufige Lösung geeignet erschien. So richtig glücklich war ich zwar immer noch nicht, aber ich kam etwas zur Ruhe. Was aber das Wichtigste war, meine Kampfbereitschaft, meine Kraft kehrte allmählich zurück.

In diesen Ferien beschloss ich, unter keinen Umständen aufzugeben, sondern die Zeit, die mir mit Frank noch verbleiben würde, voll und ganz ihm zu widmen und alles zu ermöglichen, was ihm Freude machen konnte. Ich brauchte Frank ja nicht mehr zu erziehen. Ich konnte ihn so sehr verwöhnen wie ich wollte, denn für uns zählte nur noch der Augenblick.

Die Winterferien, die wir gemeinsam mit Stephan bei Familie Betz verbrachten, wurden dann doch noch recht schön. Es war zwar schwierig, mit dem Rollstuhl durch den Schnee zu fahren und ohne die Hilfe von Herrn Betz konnten wir die Wohnung an manchen Tagen gar nicht verlassen. Aber wir stellten uns darauf ein und machten das Beste daraus.

Zu einem besonderen Höhepunkt wurde dabei die Feier anlässlich unseres fünfundzwanzigsten Aufenthaltes in Nesselwang. Strahlend saß Frank an seinem Tisch im Hotel Alpspitz, in das der Bürgermeister die zu ehrenden Gäste eingeladen hatte, hörte seinen Namen nennen und ließ sich das bunte Wachssiegel überreichen, das heute noch in seinem früheren Zimmer in unserem Haus in Köln an der Wand hängt.

In den nächsten beiden Sommern verbrachten wir jeweils ein paar Wochen in der Enzensberg- Klinik in Hopfen am See. Dort konnte Franks Krankheit behandelt werden und wir waren in seinem geliebten Allgäu.

In der therapiefreien Zeit unternahmen wir Ausflüge nach Hopfen oder Füssen und nach Nesselwang und besuchten »unseren« Bauernhof. An einem Sonntagabend fuhren wir zu einem Konzert in die Wieskirche. Frank freute sich nicht nur auf die Musik, die er liebte, er hatte auch großen Spaß daran, sich chic anzuziehen und sich in seinem Anzug und mit Krawatte von den Krankenschwestern bewundern zu lassen.

Die Zivis und einer der jüngeren Ärzte hatten ihn trotz der Schwere der Krankheit von Anfang an nicht nur als Patient sondern auch als netten Kumpel angesehen, mit dem man über Fußball diskutieren und viel Spaß haben konnte.

Frank brauchte ja schon lange für alles, was er tun wollte, Hilfe. Er war nicht nur auf den Rollstuhl angewiesen. Er musste das Essen angereicht bekommen und er trank mit einem Trinkhalm seinen Kaffee, den er sehr liebte. Seine Artikulation war inzwischen auch sehr undeutlich geworden, so dass es nicht immer leicht war, ihn zu verstehen.

Aber Frank hatte eine Art, so selbstverständlich mit seiner Behinderung umzugehen, dass man ganz schnell vergaß, dass er krank war und ihn nur noch als netten jungen Mann sah, den die Zivis sogar abends nach Therapieschluss mit nach Füssen in die Diskothek nahmen. Sie scheuten nicht die Mühe, Frank in eines ihrer Autos umzusetzen und sie hatten auch keine Angst vor der Verantwortung. Es war einfach normal, dass sie mit einem, der in ihrem Alter war und den sie sympathisch fanden, etwas zusammen unternahmen.

Frank war glücklich. Er genoss es, genau wie die anderen, abends ein (alkoholfreies) Weißbier zu trinken und Spaß zu haben.

Ganz besonders aber freute er sich darüber, dass Ayse

mit von der Partie war. Ayse arbeitete als Praktikantin in der Klinik. Als Frank mir an einem der ersten Tage ganz ernsthaft versicherte: »Gleich muss ich noch ein Kamillenhandbad machen«, war ich zwar etwas erstaunt, aber ich dachte nicht lange über diese Verordnung nach. Schaden würde sie sicher nicht. Verwundert war ich nur darüber, wie wichtig Frank dieses Handbad zu sein schien.

Ja, und dann kam Ayse herein mit der Kamillenlösung, mit ihrem strahlenden Lachen und mit ihrer freundlichen Art. Sie war ein hübsches junges Mädchen mit blonden Locken und etwa in Franks Alter. Ich weiß nicht mehr, was Frank zu mir gesagt hat, aber ich begriff sehr schnell, dass ich aus dem Zimmer gehen sollte, dass ich ganz eindeutig störte.

Kurze Zeit später hielt sich Frank im Schwesternzimmer auf. Dieses Privileg war ihm eingeräumt worden und er genoss es jeden Tag. »Ich habe mich verliebt«, seufzte er und schaute verträumt in die Runde. Diese Nachricht stieß bei den anwesenden Schwestern auf großes Interesse. »In wen denn?«, wurde sofort zurück gefragt. »In Ayse.« »Oh, das ist meine Tochter«, entgegnete da eine der Schwestern, die eigentlich auf einer anderen Station arbeitete und jetzt zufällig anwesend war.

Ich war bei dieser Unterhaltung nicht dabei. Frank erzählte mir nur später davon, und er konnte sich kaum beruhigen zu versichern, wie peinlich ihm diese Situation gewesen sei. Trotzdem wurde ich den Verdacht nicht los, dass er auch durchaus die Chance erkannt hatte, dass Ayse es erfahren würde, ohne dass er es zu ihr sagen musste.

Ayses Reaktion war wunderbar. Ihr Erröten und ihre

Verlegenheit, als sie die nächsten Male zu Frank kam, zeigten, dass sie ihn als jungen Mann ernst nahm. Sie war aber auch bereits reif genug, Frank das Gefühl zu geben, dass er sie als seine Freundin ansehen durfte. Die Beiden waren sich sehr sympathisch und deshalb gern zusammen.

Als Frank wieder in Köln war, entstand ein eifriger Briefwechsel und die Freundschaft hielt bis zu Franks Tod oder genau genommen sogar darüber hinaus, denn ich habe auch heute noch Kontakt zu Ayse.

Der zweite Klinikaufenthalt auf dem Enzensberg verlief allerdings anders als erwartet.

Zunächst fühlte sich Frank sehr wohl, weil er nicht nur Ayse, sondern auch ein paar von den anderen Praktikanten aus dem Vorjahr wiedertraf. Auch die Ärzte kannte er ja inzwischen. Er hatte Vertrauen zu ihnen und mochte sie. Die Zusammenarbeit zwischen ihnen und mir war sehr positiv, so dass wir den nächsten Wochen entspannt entgegen blickten.

Kleine Querelen gab es nur mit einer der Physiotherapeutinnen, die nicht einsehen wollte, dass Franks Bedürfnisse nicht in ihr nullachtfünfzehn Schema passten und die glaubte, besser zu wissen wie man mit Frank umgehen musste als ich, die ihn nun schon seit drei Jahren pflegte und täglich bis zu achtzehn mal vom Rollstuhl aufs Bett, auf die Toilette oder wohin auch immer umsetzte. Die Umsetztechnik, die sie für die einzig richtige hielt und mir beibringen wollte, war für Frank völlig ungeeignet. Das sah sie aber erst ein, als sie mit ihm beim Versuch, ihn vom Bett in den Rollstuhl zu setzen, hart neben dem Rollstuhl landete. Obwohl Frank blaue

Flecken davontrug, lächelte er mir dabei verschmitzt zu. »Nicht wahr, Mutti, wir beide können es besser!«, sagten seine Blicke. Von da an war die Therapeutin froh, wenn ich das Umsetzen übernahm und Frank gab sich, wenn sie zuschaute, ganz besondere Mühe, dass uns stets eine »butterweiche Landung« gelang.

Es ging mir in solchen Situationen nicht darum, Recht zu haben. Das Einzige, was ich für wichtig hielt, war, dass es Frank gut ging und dass das, was wir taten, richtig für ihn war. Aber es machte mich zornig, wenn Ärzte oder Pflegepersonen, die nicht viel über die Krankheit wussten und die Frank nur oberflächlich kannten, mich in Dingen belehren wollten, die ich objektiv besser wusste oder konnte.

Ich hatte mich sehr intensiv mit der Krankheit auseinander gesetzt und ich erlebte Frank jeden Tag. Wer sollte besser beurteilen können als ich, wie mit ihm umzugehen war und was ihm gut tat und was nicht.

So sah ich es als besondere Stärke des Chefarztes der Neurologischen Abteilung an, dass er jede geplante Maßnahme mit Frank und mir ausführlich besprach und dass er dabei meine Kompetenz ausdrücklich anerkannte und erweiterte, indem er mir Fotokopien der neuesten wissenschaftlichen Berichte aus Ärztezeitschriften gab.

Am Ende der ersten Woche berichtete er uns von einer neuen Behandlungsmöglichkeit. Er erklärte uns, dass man Botulinum Toxin spritzen könnte, ein Gift, das in kleinen Mengen in einen Muskel gespritzt wird und dazu führt, dass dieser erschlafft, dass dadurch die Spastik verringert werden kann. Er schlug vor, dieses Mittel genau dosiert und gezielt in Franks Arme zu injizieren, so dass die spastische Verkrampfung nachlassen und die Arme und Hände locker am Körper herunter hängen würden.

Als Nicht-Betroffener macht man sich nicht klar, was diese anscheinend so geringfügige Veränderung bedeuten kann. Frank litt durch die Verkrampfungen nicht nur unter Gelenkschmerzen, er wusste auch, dass sein äußeres Erscheinungsbild deutlich bestimmt war durch die ständig angewinkelten Arme und die nach unten außen gedrehten Hände. Wie sehr ihn das belastete, hatte er nie gesagt. Er klagte nicht über seine Krankheit und Behinderung. Als er aber jetzt von einer Möglichkeit erfuhr, die spastische Lähmung in eine schlaffe zu verändern, konnte er es gar nicht erwarten, bis die Behandlung durchgeführt werden würde.

Dr. Steller bestellte das Medikament und ich beantragte bei der Krankenkasse die Kostenübernahme, die ich auch zugesagt bekam. Frank sehnte den Tag herbei, an dem er die Spritzen bekommen sollte.

Endlich war es soweit. Am nächsten Morgen sollte begonnen werden. Es war nur noch ein letztes Aufklärungsgespräch notwendig, in dem, wie Dr. Steller dachte, routinemäßig auf eventuelle Nebenwirkungen hingewiesen werden musste. Bereits in einem der ersten Sätze erläuterte Dr. Steller, dass in Botulin Eiweißstoffe enthalten sind und dass es unter ungünstigen Umständen zu einer Unverträglichkeit kommen könnte.

Ich schaute ihn bestürzt an. »Frank hat schon einmal auf Infusionen mit Gammaglobulin allergisch reagiert und einen lebensgefährlichen anaphylaktischen Schock erlitten. Wir können keinen erneuten Versuch mit diesem Wirkstoff wagen!«

Spröde standen meine Worte im Raum. Dr. Steller schaute uns deutlich aus der Fassung gebracht an. Er hatte in keiner Weise mit Komplikationen gerechnet, erklärte jetzt aber sofort, dass er unter diesen Umständen das Mittel keinesfalls spritzen werde.

Frank sagte nichts. Er schaute uns nur sehr enttäuscht an und sank etwas in sich zusammen. Als Dr. Steller kurz nach diesem Gespräch das Zimmer verließ, bat mich Frank, ihn aufs Bett zu legen.

Es dauerte nur ein paar Minuten, da bekam er einen heftigen epileptischen Anfall. Die Valiquid-Tropfen, die ich ihm bei den ersten Anzeichen gegeben hatte, konnten ihn nicht verhindern.

Auf diesen Anfall folgten viele, zuerst mit einer Pause von ein- bis eineinhalb Stunden, dann in immer kürzeren Abständen bis hin zu einem Status, einer Abfolge von Anfällen, ohne dass dazwischen eine größere Pause entsteht.

Zunächst bekam Frank Diazepam-Rektiolen, dann wurde ein Tropf angelegt. Er war bei Bewusstsein und ich konnte mit ihm sprechen, er war allerdings kaum in der Lage zu antworten.

Diese heftige Reaktion auf das am Morgen mit Dr. Steller geführte Gespräch zeigte deutlicher als Frank das mit Worten zugegeben hätte, welch große Hoffnung er in die geplante Behandlung gesetzt hatte und daraus wiederum ließ sich schließen, wie sehr er unter seinem Zustand litt.

Frank hatte schon lange nicht mehr gezeigt, dass er

mit seinem Schicksal haderte. Er ließ sich immer wieder von meiner guten Laune und Energie anstecken. Er war immer freundlich und häufig sogar fröhlich. Sein Humor war sein hervorstechendstes Charaktermerkmal und seine Schlagfertigkeit verlor er selbst in schwierigen Situationen nicht.

Auch seine Beeinträchtigung beim Sprechen hinderte ihn nicht daran, immer wieder witzige Bemerkungen zu machen oder entsprechende Kommentare abzugeben.

Jetzt aber hatte ihn die Enttäuschung übermannt.

Sein Zustand besserte sich bis zum Abend nicht und ich machte mir große Sorgen um ihn. So gegen halb elf Uhr ging ich zum Telefon und rief Carolin an. Ich musste die schwere Last mit jemandem teilen und sie sollte wissen, was mit ihrem Bruder los war. Obwohl ich versuchte, nicht allzu besorgt zu schildern, wie es Frank ging, begriff Carolin die Situation sofort und entgegnete entschlossen: »Ich komme zu euch nach Hopfen. Glenn muss sowieso nach Italien, dann kann er über Hopfen fahren und mich zu dir und Frank bringen.«

Erleichtert hängte ich den Hörer ein. Wenn Carolin da wäre, wäre ich nicht mehr allein. Und Frank würde sich sicher auch freuen. Ich legte mich auf mein Bett, nur fünfzig Zentimeter von Frank entfernt. Die meiste Zeit beobachtete ich ihn und hielt ihn fest, wenn er Anfälle hatte. Zwischendurch schlief ich aber auch immer einmal wieder eine viertel oder eine halbe Stunde.

Am nächsten Morgen um halb neun Uhr klopfte es. Noch bevor ich »herein« rufen konnte, öffnete sich die Tür und Carolin war da. Sie war mit ihrem Freund Glenn die Nacht hindurch gefahren, um schnell bei uns zu sein. Ich fand es wunderschön zu erfahren, dass Carolin in einer Notsituation sofort für Frank und mich da war. Ich hatte sie nicht bitten müssen. Sie hatte gespürt, dass wir sie brauchten und sie hatte keinen Augenblick gezögert zu kommen.

Als Frank Carolin sah, war er überrascht und freute sich. Er wirkte sofort etwas munterer und gemeinsam ließen sich die weiteren Anfälle leichter ertragen.

Franks Gesundheitszustand hatte sich zwar in den vergangenen sechsunddreißig Stunden dramatisch verschlechtert, trotzdem glaubten wir aber im Laufe des Tages, dass keine unmittelbare Lebensgefahr bestand. Deshalb fuhr Carolin auch, als Glenn am Abend aus Italien zurückkam, mit ihm wieder nach Hause nach Köln.

Frank hatte inzwischen starke Medikamente gespritzt bekommen, die die Anfälle etwas unterdrückten. Ein heftiges Dauerzucken blieb jedoch bestehen und war für ihn nur schwer zu ertragen. Allmählich fiel er in einen Schlaf, der eher einem Koma glich als dass er erholsam gewesen wäre. Ich lag auf meinem Bett und überlegte, wie es weitergehen sollte.

1996, zwei Jahre zuvor, hatte mich Frank durch eine notarielle Urkunde ermächtigt, sämtliche Unterschriften für ihn zu tätigen und über seinen Aufenthaltsort und über Behandlungsmaßnahmen zu entscheiden, wenn er in einen hoffnungslosen gesundheitlichen Zustand geraten sollte.

Ich hatte an diesem Abend mit einer mit mir befreundeten Ärztin in Köln telefoniert und die Zusicherung erhalten, dass sie Tag und Nacht für Frank und mich zu erreichen sei und die medizinische Betreuung übernehmen würde. Es war durch sie auch bereits geklärt worden, dass Frank, wenn es notwendig sein sollte, eine Magensonde gelegt bekäme.

Obwohl ich nicht wusste, wie ich es schaffen würde, Frank in dem Zustand, in dem er jetzt war, zu Hause zu pflegen, stand für mich fest, dass er so bald wie möglich nach Köln in unser Zuhause gebracht werden sollte. Für mich gab es nie einen anderen Gedanken als den, wenn Frank nicht mehr aktiv am Leben teilnehmen und nur noch liegen konnte, dass er dann zu Hause in seinem Zimmer, in seinem Bett von mir gepflegt und versorgt würde bis zuletzt.

Genau das hatte ich eine Stunde zuvor mit der diensthabenden Ärztin besprochen und war bei ihr zu meiner Erleichterung auf volles Verständnis gestoßen. So brauchte ich wenigstens meine Energie nicht noch für einen Kampf gegen die Ärzte einzusetzen, im Gegenteil, ich erhielt von ihnen Unterstützung. Diese Erfahrung hatte ich noch nicht oft gemacht. In der Enzensberg-Klinik durfte ich erleben, dass das Menschliche Priorität hatte.

Es wurde besprochen, dass uns ein Auto vom Roten Kreuz am nächsten Tag nach Köln bringen sollte. Frank würde im Liegen transportiert und außer mir wäre noch ein Sanitäter bei ihm, so dass wir die Heimreise wagen wollten. Mein Auto würde Glenn später holen. Wir ließen es mit unserem Gepäck auf dem Klinikparkplatz stehen.

Die Fahrt verlief reibungslos. In Köln legten wir Frank gemeinsam von der Transportliege in sein Bett um und dann fuhren die Helfer vom Roten Kreuz zurück ins Allgäu.

Ich war mit Frank allein.

Aber jetzt hatte ich keine Angst mehr. Ich würde Schritt für Schritt überlegen, welche Hilfen ich brauchte und würde sie holen. Carolin wusste, dass wir zurückkamen und meine Freundinnen und Freunde rief ich an und schilderte die Situation. Von allen Seiten bekam ich Hilfe angeboten.

Im Sanitätshaus bestellte ich Hilfsmittel für Inkontinenz und bat um den Besuch eines Beraters, der mir zeigen sollte, welche Hilfsmittel es gab und wie ich damit umgehen konnte.

Frank war wach und konnte Nahrung, die ich ihm anreichte, zu sich nehmen. Natürlich gab ich ihm nur püriertes Essen

Ich glaubte, dass unsere gemeinsame Zeit abgelaufen sei und dass es nicht mehr sehr lange dauern würde bis zu Franks Tod. Auch Dr. Steller hatte mir gesagt, dass ich dieser wahrscheinlichen Möglichkeit ins Auge schauen sollte.

Aber trotzdem verzweifelte ich nicht. Ich machte mich mit dem Gedanken, dass Frank sterben würde, stärker vertraut als früher, aber ich war entschlossen, bis zu dem Augenblick alles zu tun, was für Frank notwendig war und es gut und gern zu tun.

Mit dieser Kraft pflegte ich Frank in den folgenden Tagen, um am Ende von einer Woche sehr deutlich zu erkennen, dass Frank auf dem Weg der Besserung war.

Es dauerte nur noch ein paar Tage, da war Frank wieder in der gleichen gesundheitlichen Verfassung, wie zu

Beginn der Ferien. Was wir kaum noch hatten hoffen dürfen, war geschehen. Frank erholte sich vollkommen.

Ich ging gestärkt aus der Situation hervor. Ich hatte gesehen, dass Franks Schwester und meine Freunde da waren, wenn wir sie brauchten und ich hatte verständnisvolle Ärzte kennengelernt, gegen die ich mich nicht durchsetzen musste, sondern mit denen ich zusammenarbeiten konnte. Das ließ mich optimistisch in die Zukunft schauen.

Seit Professor Large, der Facharzt für Neurologie und Epilepsie in Bonn, Franks Lebenserwartung 1992 auf noch etwa zwei Jahre eingeschätzt hatte, waren sechs Jahre vergangen, in denen ich sehr bewusst mit Frank gelebt hatte. Nach dem Vorfall in diesen Ferien beziehungsweise in der Enzensberg-Klinik lebte ich nun noch ausgeprägter jeden Tag so, als ob es der letzte sein könnte.

Ich freute mich jeden Morgen, wenn ich an Franks Bett trat und sah, dass er atmete, dass er lebte, dass er bereit war, sich auf den neuen Tag einzulassen. Gemeinsam machten wir durch das, was wir taten und unternahmen, jeden Tag zu einer Kostbarkeit und lebten trotz der Schwere der Krankheit und Behinderung so unbelastet wie möglich.

Wenn Frank spürte, dass das Zucken seines Körpers stärker wurde oder dass sich ein Anfall anbahnte, verlangte er nach seinen Valiquid-Tropfen. Manchmal ließ sich ein Anfall noch verhindern, häufig kam er trotzdem, verlief aber etwas milder als ohne Medikament. Frank brauchte inzwischen bis zu siebzig Milligramm Valium pro Tag. Aber es gab keine wirkliche Alternative und bei der Prognose, die die Ärzte gestellt hatten, war es wichtig, dass Frank jetzt und heute etwas aus seinem Leben machen konnte. Weit in die Zukunft mussten wir ja nicht planen.

Und dennoch befiel mich gerade zu der Zeit eine Sorge, die ich vorher nicht gehabt hatte. Franks Zustand hatte sich aus meiner Sicht deutlich stabilisiert, das Fortschreiten der Krankheit hatte sich verlangsamt. Ich überlegte mir, was geschehen würde, wenn Frank so lange lebte, dass meine Kraft zu Ende ginge, dass ich ihn nicht mehr mit der Energie würde pflegen können, die notwendig war und die ich jetzt einsetzte.

Aber ich wusste, dass ich auch da eine Lösung finden würde. Ich plante, in dem Fall gemeinsam mit Frank in eine Einrichtung für betreutes Wohnen umzuziehen. Dort würde ich Hilfe erhalten und trotzdem stets mit ihm zusammen bleiben können.

Zunächst aber ging es uns beiden gut. Wir genossen den Rest des Sommers, Frank feierte im November seinen zweiundzwanzigsten Geburtstag, der FC Bayern München spielte in seiner ersten Saison unter Ottmar Hitzfeld sowohl in der Bundesliga als auch in der Champions-League tolle Spiele – unsere kleine Welt war in Ordnung.

Eine Wohnung im Allgäu

Zu Beginn des Jahres 1999 machte ich mir verstärkt Gedanken darüber, was wir in den Sommerferien unternehmen könnten. In einer Zeitschrift für Behinderte fand ich die Anzeige eines Hotels in Langenargen am Bodensee, das rollstuhlgerechte Ferienwohnungen anbot. Den Bodensee kannte ich aus meiner Jugend sehr gut und die Gegend schien mir für Frank gut geeignet. Die Uferwege sind eben genug, dass es nicht zu anstrengend ist, einen Rollstuhl zu schieben, man kann Schiffstouren unternehmen, die Berge sind zu sehen und das Allgäu ist leicht in einem Tagesausflug zu erreichen. Auch unseren Hund durften wir mitbringen. Ich buchte die Wohnung also für zwei Wochen im Juli.

Stephan studierte inzwischen Jura und hatte auch in den Semesterferien Seminare zu besuchen. Aber Ingmar, der ja auch ein sehr guter Freund von Frank war, hatte Lust, uns zu begleiten.

Obwohl sich die Frage nach einer Unterkunft für diese Sommerferien zu unserer Zufriedenheit erledigt hatte, dachte ich immer einmal wieder darüber nach, wie es wäre, wenn ich Franks sehnlichsten Wunsch, den Wunsch nach einer eigenen Wohnung im Allgäu, erfüllen würde.

Ich konnte diese Gedanken nicht lange für mich behalten und so sagte ich an einem Nachmittag im Januar 1999 beim Kaffeetrinken zu Frank: »Was würdest du davon halten, wenn wir uns eine Zweitwohnung im Allgäu suchen würden? Eine, die wir das ganze Jahr über jederzeit zur Verfügung hätten.« Frank schaute mich mit großen Augen an. Hatte er richtig gehört? Hatte ich das ernst gemeint? Sollte sein jahrelang gehegter Wunsch doch noch in Erfüllung gehen?

Jetzt, da es ausgesprochen war, sprudelte es aus mir heraus: »Wir könnten alle Hilfsmittel, die wir brauchen, in dieser Wohnung stets zur Hand haben und vor allem, wir können uns jederzeit ganz kurzfristig entscheiden loszufahren und können Rücksicht nehmen auf deinen jeweiligen Gesundheitszustand.« »Und wir könnten viel leichter und öfter nach München fahren«, ergänzte Frank, der jetzt sah, dass meine Pläne ernst gemeint waren.

Ich wusste, dass die finanzielle Belastung groß würde, denn ich hatte ja auch unser Haus, in dem wir nach der Scheidung wohnen geblieben waren, noch nicht abbezahlt. Da mein Mann nach der Trennung sofort ausgezahlt zu werden verlangt und mit Zwangsversteigerung gedroht hatte, hatte ich zu sehr ungünstigen Bedingungen eine große Summe als Hypothek aufnehmen müssen und obwohl ich als Lehrerin gut verdiente, musste ich unser Geld einteilen. Auch der behindertengerechte Umbau des Hauses, die Anschaffung eines Autos mit Hebevorrichtung für den Rollstuhl und die Zuzahlungen zu den Hilfsmitteln hatten eine große Summe verschlungen. Aber ich konnte nicht warten, bis ich schuldenfrei war. Für Frank lief die Zeit davon. Ich würde also noch einen Kredit aufnehmen, um eine Wohnung im Allgäu finanzieren zu können. Dieser Entschluss stand für mich fest.

Frank erklärte sich bereit, die Hälfte der Miete von

seinen Ersparnissen zu zahlen, so lange diese reichten. Es sollte seine Wohnung werden und deshalb wollte er sich auch an der Miete beteiligen.

Noch am gleichen Nachmittag rief ich beim Vertrieb der Allgäuer Zeitung an und abonnierte bis auf Weiteres die Samstagsausgabe sowohl des Füssener als auch des Kemptener Blattes. Es fiel uns schwer, auf den folgenden Montag zu warten.

Ich hatte wie immer nachmittags Franks Kopfteil am Bett hochgestellt, ihm Linda unter den Kopf geschoben und ihn mit Kissen abgestützt, damit er nicht zur Seite kippte. Den Tisch mit allem, was wir zum Kaffeetrinken brauchten, hatte ich an das Bett gerückt. Elliot saß neben uns, die Zeitungen lagen auf dem Tisch. Ich holte noch das Telefon und setzte mich zu Frank.

Wechselweise hielt ich ihm den Kaffeebecher zum Trinken vor oder reichte ihm vom Kuchen etwas an und blätterte, während ich selbst etwas aß und trank in den Zeitungen.

Zwei- oder Dreizimmer-Wohnungen interessierten uns. Sie mussten möglichst im Erdgeschoss liegen, damit wir sie mit dem Rollstuhl erreichen konnten und man musste unbedingt die Berge sehen können.

Die Umgebung von Nesselwang interessierte uns am meisten, denn da waren wir ja fast zu Hause. Aber auch in einer anderen Gegend zu wohnen, konnten wir uns vorstellen, die Hauptsache war im Allgäu.

Wenn bei Anzeigen eine Telefonnummer stand, rief ich sofort dort an. Ich stellte dann das Telefon auf lauthören, damit Frank das Gespräch verfolgen konnte und holte Informationen ein.

Auch Angebote von Maklern weckten unser Interesse und natürlich versuchte ich auch, unsere Verbindungen im Allgäu zu nutzen und bat unseren früheren Vermieter, andere Bekannte und auch Herrn Böck vom Sporthotel auf der Alpspitze uns Bescheid zu geben, wenn sie etwas von der Vermietung einer für uns in Frage kommenden Wohnung hören würden.

Es machte Spaß, Anzeigen zu lesen, zu telefonieren, sich Wohnungen beschreiben zu lassen und von Bekannten angerufen zu werden, denn die halfen wirklich bei der Suche mit.

Häufig wurde uns ein Rückruf für den nächsten Tag versprochen, manchmal war auch eine Chiffre angegeben, so dass ich schreiben musste. Die Tage bis zum nächsten Erscheinungstermin der Zeitung vergingen mit diesen Aktivitäten und unseren Träumen wie im Flug.

Als wir aber bis Anfang März noch nichts Passendes gefunden hatten, gab ich selbst eine Anzeige mit folgendem Wortlaut auf:

»Suche 2-3-Zimmer-Wohnung im Allgäu ohne Stufen mit schönem Bergblick für mich und meinen 22-jährigen Sohn (Rollstuhlfahrer) als Zweitwohnung zu mieten.«

Die Annonce erschien am Samstag, dem 13. März. Bereits um acht Uhr klingelte bei uns das Telefon und ein Bauer aus Roßhaupten bot eine neben seinem Hof gelegene große Zweizimmer-Neubau-Wohnung mit Terrasse und Bergblick zu einem günstigen Preis an. Was wir da hörten, schien ideal für uns zu sein. Aber eine innere Stimme warnte mich, dass da irgendwo ein Pferdefuß steckte.

Als Frank und ich »Roßhaupten« hörten, dachten wir

sofort an Ayse, denn sie wohnte ja da. Kurz entschlossen rief ich sie an und erzählte ihr von dem Telefonat mit dem Bauer. Ich nannte ihr die Adresse und fragte, ob sie irgendetwas von diesem Bauernhof wusste. Ayse stutzte, wollte aber erst noch mit ihrer Oma sprechen, bevor die befürchtete Antwort kam: »Der Bauernhof ist ziemlich verwarlost und der Bauer selbst sehr wenig zugänglich. Ich kann mir nicht vorstellen, dass sich Frank da wohl fühlt.« Ich behielt die Notiz mit der Adresse trotzdem. Wir nahmen die Warnung ernst, wollten aber mit eigenen Augen sehen, was da los war.

Als nächstes meldete sich eine Frau aus Pfronten, die eine Wohnung in der Dorfstraße anpries. Als ich zu bedenken gab, dass diese Wohnung doch wohl genau in der Kurve zwischen Andenkengeschäft und Reformhaus und somit an einer stark befahrenen Straße liegt, musste die Anruferin erst einmal schlucken. Diese Ortskenntnisse hatte sie von einer Kölnerin nicht erwartet.

Wir bekamen im Laufe des Wochenendes noch eine weitere Wohnung in Pfronten, eine in Füssen und eine im Feriendorf Weißensee angeboten. In Nesselwang stand eine schön gelegene Wohnung zum Verkauf. Aber ich wollte mich nicht durch eine Eigentumswohnung auf Jahre festlegen. Ich wollte eine Wohnung mieten und mir den Rücken frei halten, um zu sehen, wie sich Franks Krankheit weiter entwickelte und wie lange wir eine Zweitwohnung würden nutzen können.

Als ich am folgenden Mittwoch aus der Schule nach Hause kam, rief mich Frank sofort aufgeregt zu sich. Strahlend erzählte er: »Heute vormittag hat eine Frau angerufen und eine Wohnung in Füssen-Weißensee angeboten. Die soll ungefähr fünfundsechzig Quadratmeter groß sein mit Bergblick und Gartenbenutzung. So wie die Frau sie beschrieben hat, scheint das genau die richtige Wohnung für uns zu sein!«

Da ich Angst hatte, dass Frank bei der Besichtigung eine Enttäuschung erleben würde, bremste ich seine Euphorie ein wenig, aber er und sein Zivi Tilmann blieben sehr optimistisch.

Ich sortierte am Nachmittag noch einmal alle Adressen und verabredete telefonisch Besichtigungstermine für die nächste Woche. Am Montag begannen bei uns die Osterferien, so dass wir gemeinsam mit Tilmann die Reise ins Allgäu antreten konnten. Die beiden Jungs freuten sich sehr darauf. Ich reservierte Zimmer im Gasthof »Löwen« in Attlesee, den wir von früher her gut kannten, und wenige Tage später starteten wir gen Süden.

Die Wohnung in Roßhaupten wollten wir als erste noch am gleichen Tag ansehen, die Besichtigung der anderen vier war für den nächsten Tag geplant.

Als wir auf den Bauernhof einbogen, versank unser Auto fast im Schlamm. Frank ließ ich vorläufig im Auto, weil ich den Rollstuhl gar nicht durch den Morast hätte schieben können.

Die Wohnung, die uns gezeigt wurde, war groß, noch im Rohbau und in der Ferne sah man die Berge. Der Bauer, der sie uns zeigte, und das ganze Umfeld war jedoch so unangenehm wie wir es befürchtet hatten. Tilmann war zunächst bei Frank geblieben, mir dann aber in die Wohnung gefolgt. Schnell stiegen wir jetzt wieder ins Auto ein und fuhren zu unserem Übernachtungsquartier.

Für den nächsten Morgen waren wir in Pfronten verabredet. Ein Hausverwalter traf sich mit uns auf einem Parkplatz. Als er sah, dass Frank Rollstuhlfahrer war, blickte er mich zweifelnd an. »Ich weiß nicht, ob die Wohnung, die ich Ihnen zeigen soll, für Sie in Frage kommt. Sie ist nur über eine Wendeltreppe erreichbar.«

Fünf Minuten später stand ich kopfschüttelnd in einem Hauseingang vor einer schmalen steil-gewundenen Treppe. Frank hatte ich auch diesmal im Auto gelassen. Es war nicht notwendig, ihn zu holen. Wir fuhren weiter. Was hatte sich die Vermieterin wohl gedacht, als sie uns diese Wohnung anbot?

Unser nächstes Ziel war in der Weidachstraße im Kurgebiet von Füssen. Diesmal sollte Frank bei der Besichtigung dabei sein. Die Wohnung war relativ klein, war mit dicken Teppichböden ausgelegt und für Frank nur über die Terrasse erreichbar. Von der aus waren auch durch die Häuserreihe hindurch die Berge zu sehen. Von den umliegenden Wiesen aus hatte man allerdings einen schönen Blick auf Schloss Neuschwanstein und die Bergwelt. Elliot konnte hier toben und weit laufen. Aber trotzdem, so hatten wir uns die Wohnung eigentlich nicht vorgestellt.

Nun schon etwas skeptischer geworden, peilten wir unser nächstes Ziel an, eine Adresse im Feriendorf Weißensee. Auch diesmal wollte ich Frank gleich mitnehmen. Es war für ihn nicht nur langweilig, er fühlte sich auch zu Recht übergangen, wenn immer wieder nur ich die Wohnung begutachtete.

Auf unser Klingeln meldete sich eine Stimme über die Sprechanlage und wies uns den Weg zum Aufzug.

Der Türöffner brummte und wir betraten das Haus. Es war ein großes unpersönliches Mietshaus. Der Rollstuhl passte gerade so in den Aufzug, ich quetschte mich dahinter, Tilmann konnte jedoch nicht mehr mitfahren. Wir trafen uns mit ihm im dritten Stock vor einer Wohnungstür, die ein älterer Herr offen hielt.

Er führte uns in eine Wohnung, die so klein war, dass man den Rollstuhl zwar vorwärts hinein und rückwärts heraus schieben konnte, drehen konnte man ihn jedoch nicht. Der Balkon war etwa eineinhalb Quadratmeter groß und für Frank nicht erreichbar.

Auch hier verabschiedeten wir uns schnell wieder.

Wir hatten nur noch eine einzige Adresse. Frank wirkte nicht so entmutigt, wie ich befürchtet hatte. Ich glaube, sein Vertrauen, dass die Mutter es schon richtet, war grenzenlos. Gut, dass er nicht in mich hinein schauen konnte. Ich war enttäuscht vom bisherigen Ergebnis. Außerdem befürchtete ich, dass die Wohnung, die wir uns noch ansehen wollten, ausgerechnet da lag, wo eine schmale Straße recht steil auf eine Anhöhe führte. Wir waren am Morgen an der Stelle vorbei gekommen. Ich war nicht sicher, aber so, wie uns der Weg beschrieben worden war, schien es mir sehr wahrscheinlich.

Im Sommer war das ja auch nicht weiter schlimm, aber würden wir bei Schnee und Eis mit dem wegen des behindertengerechten Umbaus tiefer gelegten Opel Sintra, der einen Bodenabstand von nur ungefähr zehn Zentimetern hatte, da hinauf kommen?

Wie gern hätte ich einfach einmal sorgenfrei in den Tag hinein gelebt, aber immer wieder galt es, Mut zu zeigen und Hindernisse zu überwinden.

Wir hatten uns mit den derzeitigen Mietern der Wohnung für halb sieben Uhr abends verabredet und jetzt war es kurz vor dreizehn Uhr. Trotzdem fuhr ich dem Wegweiser »Oberried« in dem Füssener Ortsteil Weißensee nach, den kleinen Berg hoch, um die Wohnung wenigstens schon einmal von außen in Augenschein zu nehmen. Vielleicht lohnte sich ja das Warten bis zum Abend gar nicht.

Nach etwa zweihundertfünfzig Metern gabelte sich der Weg. Auf der linken Seite das letzte Haus vor den Feldern hatte die Nummer elf, wenn man rechts abbog, blickte man auf einen großen Bauernhof mit Ferienwohnungen und der Hausnummer sechs. Dazwischen gab es ein hübsches Haus, das wohl früher einmal ein Bauernhaus gewesen sein konnte. »Das müsste es sein!«, dachte ich sehnsüchtig. Eine Hausnummer sah ich nirgends, aber ich klingelte einfach an der unteren Klingel, um mich nach Haus Nummer dreizehn zu erkundigen.

Die Tür wurde von einer jungen Frau geöffnet. Im Hintergrund bellte ein Hund. »Guten Tag. Entschuldigen Sie bitte, ich suche das Haus Oberried dreizehn.« »Ja, da sind Sie hier genau richtig«, bekam ich freundlich zur Antwort. »Sie kommen sicher wegen der Wohnung. Wir haben gerade Mittagspause, deshalb sind wir zu Hause. Kommen Sie doch ruhig herein.«

Mit diesen Worten führte sie mich durch einen geräumigen Flur in eine Wohnung. Es war die, die am Mittwoch nach Erscheinen unserer Anzeige angeboten worden war, als Frank und Tilman den Anruf entgegengenommen und die Adresse notiert hatten.

Ich blickte mich nur sehr kurz und oberflächlich um,

dann lief ich durch die Haustür, die immer noch offen stand, zurück zum Auto. »Frank, ich glaube, wir haben etwas gefunden!«, berichtete ich atemlos, während ich die Gurte, mit denen der Rollstuhl im Heck des Sintra verankert war, losmachte und das Auto so absenkte, dass Tilmann den Rollstuhl heraus rollen konnte. Links neben der Haustür gab es eine kleine steinerne Rampe, wie für uns gemacht. Ohne Schwierigkeiten ließ sich der Rollstuhl mit Frank ins Haus und in die Wohnung schieben.

Wir kamen in eine große Wohnküche. Frank bat: »Mutti, fahr' mich doch bitte mal zu dem Fenster.« Er warf gespannt einen Blick auf die Berge, die im Regenschleier umrisshaft zu erkennen waren. Unmittelbar vor ihm erstreckte sich hinter einer Wiese die Auffahrt zur Tenne des gegenüber liegenden Bauernhofes. Frank nahm das glücklich zur Kenntnis. Erinnerte es ihn doch ganz stark an den Bauernhof in Rindegg, wo es ganz ähnlich ausgesehen hatte.

Ich zog ihn vom Fenster weg, damit wir die anderen beiden Zimmer anschauen konnten. Sie waren beide groß genug, dass wir gut zurecht kommen konnten. Besonders angetan hatten es Frank und mir die niedrigen Decken, die vielen kleinen Fenster mit Holzrahmen und der Holzfußboden. Der wies zwar deutliche Gebrauchsspuren auf, aber das störte uns nicht. Wir fanden ihn einfach nur gemütlich. Mit ganz besonderer Freude schaute ich auf den Ofen im Wohnzimmer. Ein knisterndes Feuer an kalten Tagen würde die Gemütlichkeit noch erhöhen.

Es war zwar zu erkennen, dass in der Wohnung vieles renoviert werden musste, aber es gab für uns keinen Zweifel: Das war es, was wir gesucht hatten. Bei der Auswahl der Wohnung war für mich ein besonders wichtiges Kriterium gewesen, dass Frank die Berge sehen konnte. Ich dachte schon an die Zeit, wenn es ihm schlechter ginge und wir vielleicht kaum noch etwas außerhalb der Wohnung unternehmen konnten. Dann sollte er wenigstens vom Fenster aus sein geliebtes Allgäu genießen können. Die steile Anfahrt hatte ich schon fast vergessen.

Es fiel Frank und auch mir schwer, uns wieder zu verabschieden. Aber noch war die Wohnung bewohnt und wir wussten, dass wir sie erst nach den Sommerferien, voraussichtlich im August, beziehen konnten. Das war schade, aber wir entschieden, dass sich das Warten lohnen würde. Wir konnten ja noch so viele Ferien darin verbringen!

Nachdem wir zurück zu unserem Gasthof gefahren waren, telefonierte ich mit der Vermieterin und legte ein Treffen an deren Wohnort in Kempten für den nächsten Vormittag fest. Ich dachte daran, die Wohnung für zunächst fünf Jahre zu mieten. Ich befürchtete, dass Frank die Fahrten ins Allgäu nicht länger würde bewältigen können. Andererseits war es mir ganz wichtig, dass er diese Wohnung so lange er sie benutzen konnte, behalten dürfte.

Am liebsten hätte ich den Mietvertrag sofort unterschrieben, aber er musste erst vorbereitet und uns zugeschickt werden.

Von nun an schmiedeten wir Pläne wie die Wohnung eingerichtet werden könnte. Ich hatte viel Spaß daran, mit Frank zu überlegen, ihm Bilder von Einrichtungsgegenständen zu zeigen, die ich kaufen wollte oder ihn in Geschäfte mitzunehmen, in denen ich etwas Schönes gesehen hatte oder etwas suchen wollte.

Die Tage und Wochen vergingen mit diesen Vorbereitungen wie im Flug. Zuerst kam in unserem Haus in Köln alles in den Keller, was ich einkaufte, Geschirr, Gläser, Besteck, Töpfe, Bettzeug, viele viele hübsche Kleinigkeiten, die die Küche oder die anderen Zimmer schmücken sollten. Dann ging es daran, einige kleine Möbelstücke zusammenzuzimmern und zu lasieren. Die Küche sollte weiß-blau eingerichtet werden, für das Wohnzimmer konnte ich mir rot mit hellen Möbeln gemütlich vorstellen. Wir wollten keine schweren Möbel haben und keine Schränke, die alles zustellten. In unserem Keller stand noch ein alter Küchenherd aus Großmutters Zeiten, der würde gut in die Küche passen.

So sammelte ich Gegenstand für Gegenstand und trug alles liebevoll ausgewählt zusammen. Längst war auch meine Garage zugestellt und schließlich trockneten die lasierten Stühle und Regale in unserem Wohnzimmer. Es störte Frank nicht, dass die Bewegungsfreiheit mit dem Rollstuhl dadurch eingeschränkt war. Mit leuchtenden Augen schaute er mir beim Basteln zu oder begutachtete jedes Stück, das ich gekauft hatte.

Mit Tilman fuhr er an einem Vormittag in die Stadt, um sich nach einer Musikanlage umzusehen. Er entdeckte auch wirklich eine, die ihm besonders gut gefiel und die für die Allgäuwohnung gekauft wurde. Einen Fernseher kaufte ich später in Füssen. Ich wählte einen guten und großen aus, weil Frank Schwierigkeiten bei der Wahrnehmung der Bilder hatte und er die Fußballübertragungen und Filme, die er sehen wollte, genießen können sollte. Unter den Wagen, den ich für die Geräte gebaut hatte, hatte ich stabile Räder geschraubt, so dass man die ganze Anlage gut vom Wohnzimmer ins Schlafzimmer rollen konnte. Bei der Renovierung ließ ich einen zusätzlichen Antennenanschluss im Schlafzimmer anbringen. Nun konnte Frank vom Bett aus fernsehen oder Musik hören.

Er war abends immer schon früh müde und musste sich auch nachmittags oft hinlegen. Da war es schön für ihn, dass er trotzdem nicht auf das, was ihn interessierte, verzichten musste. Ich saß dann meist neben ihm und wir hatten es sehr gemütlich.

Ich wusste ja, dass sich Franks Krankheit verschlimmern würde und mir war es wichtig, dass ich in der Füssener Wohnung gut mit Frank zurecht kommen konnte. Wenn mir die Pflege dort zu schwer fallen würde, hätte ich selbst zu wenig von den Ferien und würde mich womöglich sogar scheuen, oft mit ihm dahin zu fahren. Deshalb hatte ich Wert darauf gelegt, dass wir alle Hilfsmittel, die wir brauchten und die uns das Leben erleichterten, in Weißensee zur Verfügung hätten.

Ich hatte also in den vergangenen Monaten über Zeitungsanzeigen nach einem gebrauchten Pflegebett, nach einem Duschrollstuhl, nach einem Relax-Rollstuhl, dem Silencio, und nach einem Lifter zum Umsetzen gesucht und diese Dinge ebenso gekauft wie eine Absaugpumpe, die ich brauchte, um Frank das Atmen zu erleichtern, wenn er verschleimt war.

Ein besonderes Problem bestand natürlich darin, dass das Bad und die Toilette in der Wohnung zu eng war, um mit dem Rollstuhl hinein fahren zu können. Nun gibt es zwar Toilettenrollstühle, die schmaler sind als normale Rollstühle, die aber auch leichter gebaut sind und bei denen der Toilettenausschnitt in der Sitzfläche für einen großen kräftigen Mann einfach zu klein ist.

In Köln hatte ich das Problem so gelöst, dass ich eine Toilette, die zehn Zentimeter höher war als es normale Toiletten sind, in Franks Bad anschließen lassen hatte und einen Holzkasten vom Schreiner darum herum bauen ließ in der Form, wie man es früher bei den »Plumps-Klos« hatte, damit die Sitzfläche für Frank vergrößert war und er das Gleichgewicht besser halten konnte. An der Seite waren von der Wand ausgehend die typischen Klappbügel angebracht und nach vorn sicherte ich Frank vor dem Wegkippen durch ein breites Klettband, das ich von einem Klappbügel zum anderen spannte. So konnte Frank alleine auf der Toilette sitzen, was ihm ein kleines bisschen Normalität gab und seine Intimsphäre so wenig verletzte wie möglich.

In der Wohnung im Allgäu durfte ich natürlich keine Umbauten vornehmen. Ich marterte deshalb wochenlang mein Hirn, wie ich das Hygieneproblem lösen könnte, dann hatte ich die Idee.

Ich ließ einen ganz normalen Toilettentopf auf ein ungefähr achtzig mal achtzig Zentimeter großes dickes Holzbrett schrauben unter dem große stabile Rollen mit zwei Bremsen angebracht waren und einen entsprechend großen Kasten darum zimmern. Ein weiteres Holzbrett wurde senkrecht als Rückenstütze montiert und abgepolstert. An dem wurden seitlich Klappbügel befestigt. Diese hatte ich bei Quelle gekauft, weil sie dort wesentlich billiger waren als im Sanitätsgeschäft. Ich hängte für jede Benutzung einen großen reißfesten Plastikbeutel in den Toilettentopf, klebte ihn mit Malerabklebeband auf der Holzumrandung fest, damit er nicht verrutschen konnte, und entsorgte den Inhalt nach Franks Toilettengang in die Toilette. Der Abfallsack kam natürlich in den Mülleimer. Die Toilette selbst war fahrbar, so dass ich sie neben Franks Bett rollen konnte, auf dem ich ihn ja aus- und anziehen musste und ihn so gut umsetzen konnte.

Dieses Problem war also gelöst. Wie aber sollte ich Frank duschen?

Die Duschtasse könnte ich durch eine Folie mit Rand ersetzen, die so ähnlich geformt wäre wie ein Planschbecken oder ein Sandkasten. Aber wie wäre es zu machen, dass der Rand hochsteht? Er musste ja zunächst flach auf dem Boden liegen, damit ich Franks Duschrollstuhl darüber fahren konnte. Wenn aber dann das Duschwasser hinein lief, musste ein regelrechtes Becken entstehen. Ich hatte wieder einen hilfreichen Einfall. Schließlich waren ja die Zimmerdecken in unserer Wohnung nur zwei Meter zehn hoch.

Ich ging also während unseres Urlaubs in Langenargen in ein Geschäft für Segel- und Bootsbedarf. »Guten Tag. Ich brauche eine stabile Plane mit den Maßen ein Meter mal ein Meter dreißig, an die ein Rand genäht werden muss, der zwanzig Zentimeter hoch ist.« Die Verkäuferin wollte natürlich wissen wofür. Ich erklärte es ihr, aber es fiel ihr nicht ganz leicht, sich die Konstruktion vorzustellen. Ich musste ihr ein aus Papier gefaltetes Muster anfertigen. Dann wählten wir eine Folie in fester Qualität aus. Als Farbe kam am besten blau in Frage. An dem Rand wollte ich Ösen im Abstand von vierzig Zentimetern eingestanzt haben. »Durch diese Ösen ziehe ich Schnüre, die ich an kleinen Haken einhänge, die ich in die Zimmerdecke schraube«, erklärte ich der hilfsbereiten jungen Frau. »Dadurch wird der Rand hochgezogen und es läuft kein Wasser heraus während wir duschen.« Durch die geringe Höhe der Decke war es nicht schwierig, die Schnüre einzuhängen. Aber auch bei einer höheren Decke hätte es geklappt. Ich hätte dann einfach statt Schnüre Metallstäbe genommen.

Nun brauchte ich noch einen Duschvorhang. Gute Ideen hatte immer Katja, die Sekretärin an meiner Schule. Deshalb besprach ich das Problem mit ihr. Und tatsächlich. Sie hatte einen Katalog für Sportgeräte und nach längerem Blättern fanden wir sogenannte »Malstangen«, die in mit Sand gefüllte Füße gestellt und eigentlich als Wendepunkt bei Spielstaffeln gebraucht werden. Die waren geeignet! Ich nähte aus mehreren Duschvorhängen Bahnen. Um sie von oben über die Malstangen zu ziehen, bekamen sie an den Rändern Doppelnähte und wurden mit Klettverschluss geschlossen.

Wie ich die Sache mit der Dusche selbst regeln würde, wusste ich schon. Ich hatte bereits eine im Fachhandel erhältliche Bettdusche gekauft, bei der der Duschschlauch am Wasserhahn angeschlossen und eine Abwassersaugpumpe in die Duschfolie gelegt werden konnte. Über einen Transformator konnte sie in Betrieb genommen werden. Das Ende des Pumpschlauchs muss dabei irgendwohin gelegt werden, wo das Wasser abfließen kann. Bei uns würde das die Badewanne sein, denn ich hatte vor, diese Spezialdusche in der Küche direkt vor der Badezimmertür aufzustellen.

Die Konstruktion klappte prima. Um Frank zu duschen, zog ich mir einen Badeanzug an und stellte mich mit in die »Kabine«. Die Abwasserpumpe arbeitete schon während des Duschens, so dass am Schluss nur ein kleiner Rest Wasser in der Folie stand, der kaum störte, wenn ich den Vorhang wegnahm und die Schnüre löste, damit ich den Rand herunter klappen und den Rollstuhl darüber ziehen konnte. Auf seinem Bett wurde Frank dann fertig abgetrocknet und angezogen. Es war zwar mit Arbeit verbunden, die Dusche aufzubauen und die Folie hinterher zu reinigen und sie und den Vorhang zum Trocknen aufzuhängen. Ich musste auch dafür sorgen, dass der Akku des Stromaggregates immer aufgeladen war, aber wir hatten es wieder einmal geschafft, eine Schwierigkeit zu überwinden. Auch in einer Mietwohnung ließ sich ohne großen Kostenaufwand das Sanitärproblem für einen Rollstuhlfahrer lösen.

Für die Sommerferien hatten wir ja das Appartement in Langenargen gebucht. Von dort aus machten wir im Juni einen Tagesausflug zu unserer Wohnung. Stolz zeigte Frank Ingmar, wo er in Zukunft seine Ferien verbringen würde und für beide Jungs war klar, dass sie noch oft gemeinsam in Weißensee sein würden und sie freuten sich darauf.

Am ersten Wochenende im August fand der Einzug endlich statt. Carolin, Glenn und dessen Bruder fuhren am Samstag ganz früh von Köln aus los. Eine Freundin von mir war mutig genug, den Umzugs-LKW zu steuern und schaffte sogar den steilen Weg nach Oberried. Meine

Bewunderung für sie hält bis heute noch an! Es war etwa dreizehn Uhr, als wir das Ziel erreicht hatten. Während meine Freundin sich im Garten in die Sonne legte um vor der Rückfahrt, die sie für den gleichen Abend geplant hatte, ein Schläfchen zu halten, luden wir anderen die Möbel aus, bauten Betten und Vitrinen zusammen und arbeiteten bis spät in die Nacht.

Frank war schweren Herzens bei seinem Vater geblieben. Aber er hatte eingesehen, dass die Arbeit, wenn ich mich nicht um ihn kümmern musste und wenn wir abends nicht so früh Schluss machen mussten, schneller voranging. Trotzdem waren wir erst halb fertig, als wir am Sonntag zurückfahren mussten.

Am 7. September 1999 fuhr Frank mit Tilmann, mir und natürlich Elliot zum ersten Mal in seine Wohnung. Er war am Ziel seiner Wünsche. Endlich hatte er es geschafft, wovon er jahrelang geträumt hatte, er hatte eine Wohnung in Bayern, in seinem geliebten Allgäu.

Wir räumten die Wohnung noch weiter ein, aber wir genossen auch unser kleines Reich und die Umgebung. Besonders viel Spaß hatte Frank daran, dass Tilmann und Elliot sich noch zum Baden in den Weißensee wagten, was ihnen einigen Beifall von Spaziergängern einbrachte, die wussten, dass das Wasser schon recht kühl war.

Die nächste Fahrt von Köln nach Füssen war für die Herbstferien geplant, das heißt für die erste Oktoberhälfte. Ich hatte über eine Zeitungsanzeige einen ortsansässigen jungen Mann gesucht und auch gefunden, der uns beim weiteren Einrichten helfen sollte. Tilmann fuhr für die ersten Tage mit und wir wollten eine Woche lang in der Wohnung handwerkern, für die zweite Woche hatten sich Stephan und seine Freundin Adriana angemeldet. Mit ihnen wollten wir dann unsere Ferien genießen. Frank hatte früher selbst gern gebastelt. Jetzt schaute er mit leuchtenden Augen zu, wie Lampen und Gardinenstangen, Badezimmerschränkchen, Handtuchhalter, Regale in der Küche und im Wohnzimmer und viele Bilder und Kleinigkeiten angebracht wurden, die zweckmäßig, aber zum Teil auch einfach nur schön waren. Im Wohnzimmer hatte sich Frank anstelle eines »Herrgottswinkels« eine FC Bayern-Ecke reserviert. Dort wurde ein Kalender und ein Mannschaftsposter von seinem Verein aufgehängt. Aber auch ein Bild von König Ludwig, für den Frank schon seit Jahren schwärmte und über den er einige Bücher gelesen und Filme gesehen hatte, musste aufgehängt werden.

»Jetzt fehlt aber noch ein Kruzifix«, sagte Frank, als er das fast fertig eingeräumte Zimmer betrachtete. Er hatte Recht. »Das könnten wir doch an der Wieskirche kaufen«, schlug er vor. Einen Ausflug nach Steingaden machte Frank immer wieder gern, nicht nur, wenn dort Konzerte stattfanden. Ich erfüllte Frank diesen Wunsch gern und hatte Freude daran, mit welcher Ausdauer er sich von Geschäft zu Geschäft schieben ließ und die Kruzifixe in aller Ruhe betrachtete, bis er sich für eines entschied. Am Abend brachte ich es über der Tür im Wohnzimmer an und Frank fühlte sich immer stärker als echter Bayer.

Wir genossen die Zeit in unserer Wohnung und wir erfreuten uns an Spaziergängen rund ums Haus und am Weißensee entlang und schmiedeten Pläne für die

Sommerferien. »Hier richten wir im Sommer unseren Badeplatz ein«, schlug ich vor, als wir an einer kleinen Bucht am See auf einer Holzbank Rast machten. Elliot schaute sich die Umgebung sehr interessiert an und hatte die Vorderpfoten bereits im Wasser. Ich rief sie zurück, denn ich machte mir Sorgen, dass es für sie trotz des Sonnenscheins zu kalt sein könnte. Für Frank und mich war es beschlossene Sache, dass wir hier im nächsten Jahr im Juli und August viele schöne Tage verleben würden.

Auch die Stadtbummel in Füssen waren immer etwas Besonderes. Im Café in der Reichenstraße kannte uns die Bedienung schon und hielt uns, wenn wir Bescheid sagten, gern den Tisch frei, von dem aus Frank besonders gut das Treiben in der Fußgängerzone beobachten konnte. Es verging kaum ein Gang durch die Stadt, bei dem wir nicht jemanden trafen, den wir kannten und stets wurden wir auf Elliot angesprochen, die immer wieder die Aufmerksamkeit auf sich lenkte.

Abends saß Frank am liebsten am Fenster im Wohnzimmer und blickte auf das erleuchtete Füssener Schloss. Dann saß er lange da ohne zu sprechen und genoss es, dass sich für ihn ein Traum erfüllt hatte. Er war glücklich. Und auch ich war es. Es war ein wunderbares Gefühl zu wissen, dass Frank so glücklich war und dass wir es gemeinsam geschafft hatten, dieses kleine Paradies zu errichten.

Hier im Allgäu fanden wir immer wieder Ruhe, hier konnte uns niemand etwas anhaben – auch nicht Franks Krankheit. Sie spielte eine untergeordnete Rolle und hinderte uns nicht daran, morgens voller Freude aufzuwachen, den Blick auf die Berge zu richten und uns von der

Schönheit der Landschaft gefangen nehmen zu lassen. Dann planten wir den Tag und waren voller Kraft und voller Energie.

Die Abende klangen ruhig und gemütlich aus mit fernsehen, Musik hören und erzählen. Oft las ich Frank etwas vor. Es war so schön, zusammen zu sein. Wir spürten beide, wie eng wir miteinander verbunden waren und wir fanden es beide wunderschön.

Frank hatte nie konkret über seine Zukunft mit mir gesprochen. Einmal hatte er gefragt, ob er sein ganzes Leben lang den Rollstuhl brauchen würde. Ich hatte ihm ehrlich geantwortet, dass das nach dem augenblicklichen medizinischen Stand wohl zu erwarten sei. Er hatte diese Antwort zur Kenntnis genommen und sich kaum eine Gefühlsregung anmerken lassen. Aber ich glaube, dass er, auch wenn er nicht mit mir darüber sprechen wollte, wusste, dass sein Leben früh zu Ende gehen würde. Vielleicht war es diese Ahnung, die unsere Liebe so intensiv machte.

Dass Frank sich mit dem Gedanken an seinen Tod auseinandersetzte, zeigte sich auch in anderen Gesprächen. Einmal als Ingmar bei uns in Weißensee zu Besuch war, fuhren wir am Füssener Friedhof vorbei. »Hier ist meine Uroma beerdigt«, erzählte er dabei. Frank hörte das mit großem Interesse und als ich das nächste Mal mit ihm an diesem Friedhof vorbei kam, sagte er: »Ich beneide Ingmars Urgroßmutter.« »Warum das?«, fragte ich. »Weil sie hier in Füssen beerdigt ist«, bekam ich zur Antwort. Und dann fragte Frank: »Mutti, glaubst du, dass ich in Weißensee beerdigt werden kann?« Ich hatte zwar nie mit Frank konkret über die Tatsache gesprochen, dass seine Krankheit zum Tode führen würde, ich wich seinen Fragen aber auch nicht aus. So antwortete ich nun: »Ich weiß es nicht, aber ich könnte es mir schon vorstellen. Wir nehmen in den Sommerferien einmal Kontakt zum Pfarrer auf.« Frank war sehr zufrieden bei diesem Gedanken.

Er hatte ein paar Jahre zuvor schon einmal bei einem Spaziergang über unseren alten Friedhof in Köln geäußert, dass er dort eine Grabstelle haben wollte und ich hatte damals beim Friedhofsamt angerufen und mir versichern lassen, dass das ohne Schwierigkeiten möglich sei. Jetzt aber war Franks Wunsch konkreter und die Aussicht, seine letzte Ruhestätte im Allgäu zu finden, erfüllte ihn ganz offensichtlich mit Zufriedenheit.

Natürlich hatten wir für einen Tag in den Herbstferien auch einen Ausflug nach München geplant. An diese Stadt hatte Frank sein Herz verloren und in dieser Stadt hatten wir beide, auch gemeinsam mit Stephan, so viele schöne Tage verlebt, dass es uns immer wieder hinzog. Diesmal wollten wir nicht zu einem Fußballspiel fahren, sondern einen Stadtbummel in der Innenstadt unternehmen. Da bot es sich an, dass wir das Auto in Füssen am Bahnhof stehen ließen und mit dem Zug fuhren. Die Fußgängerzone beginnt ja in München direkt am Hauptbahnhof. Warum sollte ich es mir da nicht einmal bequem machen und mich, anstatt selbst zu fahren, in den Zug setzen?

Von früheren Bahnreisen wusste ich, dass ich am Bahnhof die Ein- beziehungsweise Aussteighilfe für den Rollstuhl anmelden musste. Also rief ich am Füssener Bahnhof an und fragte, ob der Zug am 13.10., der um

11.05 Uhr abfuhr, einen rollstuhlgerechten Wagen habe und ob wir eine Einstieghilfe bekommen könnten. Es gab einige für uns unerfreuliche Telefonate bis zwischen der Deutschen Bahn und der Stadt Füssen und dem Roten Kreuz geklärt war, wer verantwortlich war, aber dann bekamen wir die Zusage, dass unter der Bearbeitungsnummer 5193 für die Hinfahrt mit dem RE 21251 und der Nummer 5194 für die Rückfahrt mit dem RE 21258 Einsteighilfe durch die Stadt in Füssen und die Deutsche Bahn in München geleistet würde.

Voller Vorfreude wartete Frank ab 10.45 Uhr am Bahnhof in Füssen. Die Hebebühne stand bereit, der Zug fuhr um 10.57 Uhr ein und der Beamte der Stadt Füssen erschien ebenfalls pünktlich. Frank und ich stellten verwundert fest, dass es sich bei dem Zug um einen Regionalexpress handelte, der an jedem Waggon schmale Türen mit einer Mitelstange hatte. Der Verantwortliche der Stadt Füssen forderte uns auf, zum ersten Wagen, der ganz am Ende des Bahnsteigs hielt, zu gehen, da dieser rollstuhlgerecht sei. Doch auch dort standen wir vor dem gleichen Problem. Ich schob also den Rollstuhl wieder an dem Zug entlang zurück zur Mitte des Bahnsteigs, wo das Zugpersonal stand. Jetzt wurde der Zugführer gerufen. »Mit einem Vierkantschlüssel kann man die Mittelstangenbefestigung aufschließen und die Stange herausnehmen«, wurde uns versichert. Und was nun folgte, spottet jeder Beschreibung. Es war inzwischen 11.05 Uhr und der Zug sollte fahrplanmäßig abfahren. Einige Reisende, die sich über die Verzögerung wunderten, waren ausgestiegen und konnten mit ansehen, wie das Bahnpersonal versuchte, die Hebebühne mit meinem Sohn im

Rollstuhl durch eine der schmalen Türen zu zwängen. Zu meinem Einwand: »Das sieht man doch auf Anhieb, dass die Tür zu eng für den Rollstuhl ist«, nickten zwar viele unbeteiligte Reisende, vom Bahnpersonal bekam ich aber nur zu hören: »Regen Sie sich nicht auf, bisher ist noch jeder Rollstuhl in diesen Zug gegangen!« Da Franks Rollstuhl mit einem maximalen Radabstand von vierundsechzig Zentimeter keine Überbreite hatte, war diese Aussage ganz klar als erfunden zu erkennen. Frank schwebte also in einer Höhe von etwa achtzig Zentimeter und wurde begafft von inzwischen sämtlichen am Zug beziehungsweise am Bahnhof anwesenden Menschen. Dabei musste er die heftigen Erschütterungen erdulden, die dadurch entstanden, dass mit Gewalt versucht wurde, die Rampe durch eine der Türen zu zwängen.

Anstatt endlich einzusehen und zuzugeben, dass zwischen Füssen und München keine rollstuhlgerechten Züge verkehren, kam einer der Männer auf die Idee, zu versuchen, den Rollstuhl über eine Lücke von circa dreißig Zentimeter zu hieven, ohne Rücksicht darauf, dass ja auch dann die Breite der Tür ganz einfach nicht ausreichend war. In großer Angst rief Frank: »Hören Sie auf! Ich bin doch nicht lebensmüde!« Einer der Umstehenden machte sehr treffend die Bemerkung: »Das kommt ja einem Viehtransport gleich«, und auch ich bat, das Unternehmen endlich zu beenden. Die Verspätung des Zuges betrug inzwischen fünfzehn Minuten. Wie sollten die Reisenden ihre Anschlusszüge erreichen?

Murrend zog einer der Männer die Rollstuhlhebebühne zurück und senkte die Plattform ab, so dass Frank wieder auf den Bahnsteig gerollt werden konnte. Der Zug bekam das Abfahrtssignal und setzte sich ohne uns Richtung München in Bewegung. Ein Wort der Entschuldigung hörten wir von niemandem. Im Gegenteil, als ich am Schalter die extra für diese Fahrt für Frank gekaufte Bahncard zurückgeben wollte, wurde mir die Auszahlung dafür zunächst verweigert. Erst durch mein resolutes Auftreten veranlasste ich den Bahnbeamten dazu, sie zurückzunehmen und mir den dafür gezahlten Betrag zu erstatten. Dabei betonte er noch einmal ausdrücklich, dass es noch nie zuvor passiert sei, dass ein Rollstuhl nicht in den Zug hineingepasst habe!

Es war für mich nicht neu, dass man für einen Behinderten und vor allem für einen Rollstuhlfahrer kämpfen musste. Aber ich war sehr verärgert darüber, dass man, wenn ganz offensichtliche Organisationsmängel vorlagen, auch noch als dumm hingestellt wurde. Für Frank war die Situation noch schlimmer und erniedrigender als für mich. Er wusste, dass ich für ihn kämpfte und die abfälligen Bemerkungen ertrug und er war deutlich wehrloser als ich.

Ich versuchte, mir meine Empörung vor ihm nicht zu deutlich anmerken zu lassen und die Wogen zu glätten. Ich wollte nicht, dass Frank sich ärgerte und dass ein Tag, auf den er sich so gefreut hatte, auf diese Weise endete. Trotzdem forderte Frank mich auf, nach Hause, das heißt nach Weißensee zurückzufahren: »Ich will jetzt nicht mehr nach München.« Ich kannte Frank und konnte mir nicht vorstellen, dass das sein Ernst war. Deshalb entgegnete ich: »Frank, wir haben den Sintra. Wir fahren mit dem Auto nach München.« In seiner rücksichtsvollen Art wendete Frank ein: »Aber du wolltest doch nicht mit dem Auto fahren, also lass' uns hier bleiben.« Zum Glück hatte ich ihn schnell davon überzeugt, dass ich zwar versucht hatte, es mir einmal etwas bequemer zu machen, dass ich aber keinesfalls bereit war, jetzt kleinbeizugeben sondern durchaus gewillt war, mit ihm im Auto nach München zu fahren und zwar ziemlich bald, denn es war bereits halb zwölf und wir wollten noch etwas von dem Tag haben. So leicht ließen wir uns den Spaß nicht verderben!

Kurz nach dreizehn Uhr hatten wir einen Parkplatz in der Bayerstraße, einer Parallelstraße zur Fußgängerzone, gefunden und machten uns auf den Weg zum Stachus. Das Wetter war trüb, aber nicht besonders kalt. Wir beschlossen, unser Mittagessen bei Mac Donald's einzunehmen. Der Einfachheit halber »parkte« ich Frank neben dem Springbrunnen und ging allein in das Lokal. Auf einem Tablett brachte ich dann unsere Big Macs und Getränke heraus und setzte mich auf einen der Steine. Nun war ich auf gleicher Höhe mit Frank und konnte ihm ohne Schwierigkeiten das Essen anreichen. Während Frank von dem, was ich ihm vorhielt, abbiss, hatte er den Blick durch das Karlstor in die Neuhauser Straße gerichtet. Er betrachtete das lebhafte Treiben, dann schaute er mich lächelnd an. »Mutti, allein um am Stachus zu sitzen und einen Hamburger zu essen, lohnt sich eine Fahrt nach München.« Eine schönere Bestätigung dafür, dass es richtig war, nach unserem frustrierenden Bahnerlebnis doch noch gefahren zu sein, konnte es für mich nicht geben.

Franks Zufriedenheit und Freude machte mich glücklich.

Wir wussten zu diesem Zeitpunkt beide nicht, dass es Franks letzter Aufenthalt in der Münchner Innenstadt war. Aber wie gern denke ich an diesen Tag im Oktober 1999 zurück und wie froh bin ich, dass es mir gelungen war, Frank wieder einmal einen schönen Tag zu schenken.

Wir bummelten nach einem Abstecher zur Michaelskirche weiter zum Marienplatz. Beim Blick auf das Rathaus hingen wir beide unseren Gedanken nach. Sicher sah auch Frank die Spieler des FC Bayern München vor seinem inneren Auge auf dem Balkon stehen Bei mir wurden die Erinnerungen an die Meisterschaftsfeier 1994 lebendig, bei der wir auch hier gestanden hatten.

Damals konnte Frank noch laufen und ich glaubte, er würde einmal ein selbständiges Leben führen können. Schnell schüttelte ich meine traurigen Gedanken ab und wandte mich meinem strahlenden Sohn zu, der zwar im Rollstuhl saß, aber das Leben sichtlich genoss. Eine Welle des Glücks durchflutete mich trotz seines oder unseres Schicksals.

Wir gingen die Kaufinger Straße entlang, überquerten den Viktualienmarkt und bogen am Sendlinger Tor zur Herzog-Wilhelm-Straße ab. Dort, in Bodo's Backstube, einem Café, dessen Inhaber ein eingefleischter Bayern-München-Fan ist, ließen wir uns gemütlich zum Kaffeetrinken nieder. Der Innenraum des Cafés ist ganz in rot-weiß gehalten und die Nähe zu dem Fußballverein ist überall greifbar. Wir wussten, dass der Inhaber mit Lothar Matthäus gut bekannt war. Frank fühlte sich sichtlich wohl und hoffte vielleicht sogar darauf, dass »Lothar« hereinspaziert käme.

Auf dem Rückweg zum Auto gingen wir noch schnell an dem Hotel vorbei, indem wir in den vergangenen Jahren, wenn wir in München waren, übernachtet hatten. Wir hatten uns mit dem Manager angefreundet und waren deshalb sehr betroffen, als wir erfuhren, dass er wegen einer schweren Herzerkrankung im Krankenhaus lag. Im November bekamen wir die Todesanzeige zugeschickt. Frank und ich betrauerten den Menschen, den wir verloren hatten und empfanden beide, dass wieder ein Abschnitt in unserem Leben zu Ende gegangen war. Herr Doll hatte für uns gesorgt, so oft und so lange wir ihn brauchten. Jetzt, wo wir die Wohnung in Füssen hatten und wohl kaum noch in München übernachten wollten, war er gestorben. Wir dachten dankbar an ihn und unsere schönen Aufenthalte in seinem kleinen Hotel.

Für den nächsten Tag, den 14. Oktober, hatten wir auch etwas Besonderes geplant. Oberried ist ein sehr kleiner Sprengel im Füssener Ortsteil Weißensee mit nur wenigen Einwohnern. Als Fremde wollten wir uns darum bemühen dazuzugehören. Deshalb hatte ich an jedem Haus folgende Einladung in den Briefkasten gesteckt:

»Seit dem 1. August bewohnen mein Sohn Frank und ich die Erdgeschosswohnung in Oberried 13. Unsere Hauptwohnung ist in Köln und wir verbringen vorläufig so viel Zeit wie möglich in Weißensee. Falls Ihnen unser PKW oder wir selbst schon aufgefallen sind, wissen Sie sicher, dass mein Sohn Rollstuhlfahrer ist. Er ist durch eine Krankheit schwer körperbehindert und genießt die Zeit im Allgäu ganz besonders, weil er sonst nicht so viel unternehmen kann.

Wir würden uns freuen, wenn Sie uns Gelegenheit geben würden, Sie kennenzulernen und uns vorzustellen. Hätten Sie Zeit und Lust, am 14.10. ab 17 Uhr einmal bei uns vorbeizuschauen? Wir würden uns freuen. Mit freundlichem Gruß Karin Feuerstein.

Ich wollte verhindern, dass die Leute hinter vorgehaltener Hand Mutmaßungen über uns anstellten. Sie sollten wissen, dass Frank trotz seiner Artikulationsprobleme nicht geistig sondern körperbehindert war und dass wir Kontakt haben wollten. Frank und ich gingen immer sehr offen mit der Behinderung um und wichen den Blicken der Menschen nie aus. Meine Sicherheit und Franks Freundlichkeit führten auch fast immer dazu, dass Fremde schnell ihre Scheu überwanden und uns offen begegneten. Wenn dann noch unser Hund Elliot mit von der Partie war, war das Eis besonders schnell gebrochen.

Die Vorbereitungen für diesen Donnerstag waren nicht einfach. Die Wohnung war noch nicht ganz fertig eingerichtet, so dass wir in der Wohnküche sitzen mussten, die allerdings sehr geräumig war. Als Sitzmöbel zog ich auch die Gartenklappstühle heran. Damit hatten wir zwölf Sitze und mehr Gäste erwartete ich nicht. Ich backte Schinkenhörnchen und Käsestangen und wir hatten die verschiedensten Getränke eingekauft.

Frank hatte schon am Morgen verkündet: »Ich freue mich auf heute Nachmittag. Da kann ich endlich alle Nachbarn kennenlernen.« Er hatte ausgiebig geduscht und seine Kleidung sorgfältig ausgewählt. »Ich möchte das Trachtenhemd anziehen und meinen Janker«, traf er seine Wahl. Und dann schaute er stundenlang verträumt zum Fenster hinaus, auf seinen Lieblingsberg, den Säuling, und auf die anderen Gipfel, die sich jenseits des Weißensees erheben. Später blickte er auch immer wieder auf den Weg zu unserem Haus, aber auch als es siebzehn Uhr war, ließ sich dort noch niemand blicken.

Ich hatte mir den ganzen Tag den Kopf zerbrochen, was ich tun sollte, falls unsere Nachbarn nicht oder nur in sehr geringer Zahl kommen würden. Frank hatte meine Gedanken gelesen und mit der ihm eigenen Zuversicht erklärt: »Mach' dir keine Sorgen. Die kommen schon.« Er hatte Recht. Nur wenige Minuten nach siebzehn Uhr standen sechs Personen vor unserer Tür und begrüßten uns so herzlich wie ich es nicht zu hoffen gewagt hatte. Im Laufe des Abends kamen noch weitere sieben Gäste, so dass wir wirklich eng zusammenrücken mussten. Es war eine gemütliche Runde unterschiedlichster Frauen, Männer und Kinder und Frank saß mitten unter ihnen, unterhielt sich, wurde akzeptiert und war glücklich dazuzugehören. Ich glaube, er fühlte sich bereits als Einheimischer, ganz sicher aber als Bayer unter Bayern.

Im September war in der Wohnung über uns eine junge getrennt lebende Frau mit ihren Kindern eingezogen. Wir waren uns von der ersten Begegnung an sympathisch und Michaela begrüßte auch Frank sehr freundlich. Sie ermunterte ihren acht-jährigen Sohn Oliver und dessen fünf-jährige Schwester, das Gleiche zu tun. Aber ich merkte schnell, dass meine Vermittlung gebraucht wurde, um aus dem Pflichtbesuch eine wirkliche Bekanntschaft oder sogar Freundschaft werden zu lassen. Michaela war ehrlich genug, diese Hilfe zu erbitten. »Ich finde den Frank total nett, aber sei mir nicht böse, ich weiß nicht, wie ich mit ihm umgehen soll, was ich machen soll, wenn ich ihn nicht verstehe.« Voller Unsicherheit schaute sie mich fragend an. »Dann sag' ihm einfach, dass du ihn nicht verstanden hast! Wenn du Frank etwas länger kennst, wird das viel einfacher für dich als jetzt, wo du nicht weißt, worüber er gern spricht. Aber ich bin ja in der Nähe und wenn ihr mich braucht, sagt ihr es eben«, tröstete ich sie. Inzwischen schauten die Kinder von Frank zu mir. Ich erklärte ihnen: »Frank hat eine Krankheit, bei der machen seine Muskeln und dadurch seine Arme und Beine nicht das, was er möchte. Sie verkrampfen sich und deshalb kann Frank nicht stehen oder laufen und nichts greifen oder festhalten. Auch die Muskeln, mit denen man den Mund und die Zunge bewegt, tun oft nicht das, was Frank will. Daran liegt es, dass er nur sehr undeutlich sprechen kann. Aber Frank kann sehr gut denken und er weiß sehr viel, vor allem über den FC Bayern München.« Mit diesen Worten blickte ich lachend zu Oliver, der ein FC Bayern-T-Shirt anhatte und also auch ein Bayern Fan war. Das Eis war gebrochen. Wir hatten etwas Gemeinsames gefunden, was uns miteinander verband und über das man sich immer wieder unterhalten konnte. Madeleine, Olivers Schwester, hatte begonnen, mit Elliot zu spielen. So einen Hund hätte sie auch gern gehabt. Frank und ich zeigten Oliver die Bayern-Tassen, Tücher, Schals, Mützen, Fahnen und alles, was Frank mit ins Allgäu genommen hatte.

Stolz saß er mitten unter uns. Michaela hatte sich auch einen Stuhl genommen und betrachtete mit Freude, wie selbstverständlich und leicht der Umgang mit Frank war.

Es fiel niemandem mehr auf, dass Frank nicht in einem Sessel oder auf einem Stuhl saß, sondern im Rollstuhl.

Sedique, Franks damaliger Zivi und Freund, kam am nächsten Tag zu uns nach Oberried. Gemeinsam sahen wir am Samstag bei strahlendem Sonnenschein im Olympia Stadion das Spiel des FC Bayern München gegen Hertha BSC Berlin und freuten uns über den 3:1 Sieg.

Viel zu schnell waren die abwechslungsreichen zwei Ferienwochen vorbei und wir mussten nach Köln zurückfahren. Aber bis zu den Weihnachtsferien war es ja nicht so lange, und dann wären wir wieder hier, in Franks kleinem Paradies.

An die Fahrt die steile Straße hoch nach Weißensee mit Frank im tiefergelegten Sintra allein durch den Schnee und vielleicht auch über eine vereiste Autobahn dachte ich schon lange Zeit vor Weihnachten voller Sorge.

Es geschah immer wieder, dass ich Reisen oder andere Unternehmungen plante, die Frank sich gewünscht hatte, auf die er sich freute und die sein Leben lebenswert machten und dass ich dabei selbst Angst und große Sorgen hatte, ob und wie ich es schaffen könnte. Allerdings machte es mich auch glücklich und gab mir Kraft, wenn ich sah, wie erwartungsfroh und begeistert Frank in die Zukunft plante. Ich hatte gelernt, mit der Nervenbelastung so umzugehen, dass Frank möglichst wenig davon merkte und dass sie für mich nicht zu groß wurde. Das Zauberwort heißt »Organisation«. Nur durch genaue Planung konnte ich mir ein Gerüst verschaffen, das mir Sicherheit verlieh.

Meine Planung für die Weihnachtsferien 1999/2000

sah so aus, dass Frank, Elliot und ich mit der Bahn nach Kempten fahren wollten und uns dort vom Bayrischen Roten Kreuz abholen und nach Oberried fahren lassen würden. Die Fahrt von Köln nach Kempten dauerte nur etwas mehr als fünf Stunden und es gab einen durchgehenden Zug, der kurz vor siebzehn Uhr ankam. Das würde zwar eine nicht ganz billige Reise, denn die Fahrt mit dem Roten Kreuz musste ich nach gefahrenen Kilometern bezahlen und das waren fast vierzig, so dass der Fahrpreis dafür fast noch einmal so viel war, wie der für die Bahnfahrt. Aber im Hinblick auf meine Nerven und darauf, dass auch ich mich in aller Gelassenheit auf die Ferien freuen wollte, akzeptierte ich das gern. Zum Glück verdiente ich recht gut und konnte diese Ausgaben bezahlen. Aber meine eigenen Wünsche musste ich natürlich zurückdrängen – oder besser noch: Ich machte Franks Wünsche und Hobbies auch zu meinen, so hatten wir beide unsere Freude.

Carolin und Glenn hatten vor, am Tag nach Neujahr mit meinem Auto ins Allgäu zu kommen, so dass wir alle mit dem Sintra zurückfahren konnten.

Ich hatte ja bei der Anmeldung der Fahrt keine Ahnung, wie richtig ich handelte! Auch als im Stuttgarter Hauptbahnhof die Durchsage erscholl: »Die Weiterfahrt des Zuges verzögert sich auf unbestimmte Zeit. Ein Sturm hat die Oberleitung zwischen Stuttgart und Ulm zerstört und umgefallene Bäume blockieren die Schienen«, wusste ich noch nicht, auf welche Odyssee wir uns eingelassen hatten. Vorsichtshalber machte ich Frank den Vorschlag: »Sollen wir nicht lieber aussteigen und übernachten? Hier in Stuttgart finden wir bestimmt leichter ein Hotel als irgendwo unterwegs. Wir können dann morgen weiterfahren.« Der Zug stand schon fast eine Stunde. Frank saß nicht mehr im Rollstuhl sondern hatte sich inzwischen über drei Rollstuhlfahrerplätze ausgestreckt. Er schaute kurz zu mir hoch und sagte mit fester Stimme: »Ich will ins Allgäu!« Nun gut. Er hatte mir die Entscheidung und damit auch ein großes Stück der Verantwortung abgenommen.

Die Fahrt ging nur sehr zögernd weiter. Immer wieder musste der überfüllte Zug anhalten. Aber ich machte mir kaum noch Sorgen, denn ich hatte Handy-Kontakt mit den Helfern vom Roten Kreuz, die mir versicherten, dass sie uns zu jeder Zeit, auch in der Nacht, abholen und entweder nach Weißensee oder zu einer Schlafstelle in Kempten bringen würden. Es tat gut zu wissen, dass jemand da war, der sich kümmerte und half, mit den Schwierigkeiten fertig zu werden.

Kurz nach dreiundzwanzig Uhr konnte uns endlich der Zivi, der ab sechzehn Uhr am Bahnhof gewartet hatte, in Kempten in Empfang nehmen. Seine gute Laune verwunderte mich sehr und sie steckte Frank sofort an. So fuhren wir in heftigem Schneetreiben noch vierzig Kilometer durch die Nacht und hatten unseren Spaß daran.

Erst am nächsten Morgen erfuhren wir, was dieser Orkan – »Lothar« hatten ihn die Meteorologen getauft – angerichtet hatte und wie froh wir sein konnten, im Ganzen doch noch so reibungslos in Oberried angekommen zu sein. »Bloß gut, dass ich mich entschlossen hatte, mit dem Zug zu fahren«, sagte ich mit einem

Seufzer der Erleichterung zu Frank. Dabei schauten wir uns an und die Unternehmungslust blitzte aus unseren Augen. Wir würden weiter planen und wir würden es schaffen.

Ein paar Tage später, am 30. Dezember, kam Ayse zu uns, beziehungsweise zu Frank zu Besuch. Für Frank war das ein aufregendes Erlebnis. Er hatte sich wieder sehr sorgfältig ankleiden lassen und strahlte, als Ayse erschien. In Köln hatte er noch gemeinsam mit mir Kölnisch Wasser besorgt, was er ihr jetzt schenkte. Wir tranken Kaffee und aßen Kuchen, den ich gebacken hatte, und dann nahm ich Elliot an die Leine und verabschiedete mich für einen Spaziergang und ließ die Beiden alleine. Ayse konnte ich Frank anvertrauen, sie wusste, was zu tun wäre, wenn er einen epileptischen Anfall bekäme und ich hatte die Valiquid-Tropfen bereit gestellt. So machte ich mir keine Sorgen. Frank sollte wie jeder gesunde junge Mann in seinem Alter mit seiner Freundin allein sein dürfen.

Die Jahrtausendwende war ein Ereignis, auf das sich Frank schon einige Jahre bevor es so weit war, freute. Er liebte es, Feste zu feiern. Bei jeder Meisterschaft, die der FC Bayern München gewann, ließ er auf einem freien Platz vor unserem Haus in Köln rote und blaue Luftballons aufsteigen. An seinem achtzehnten Geburtstag, im November 1994, hatte er ein kleines Feuerwerk abgebrannt, für das ich vorher die Genehmigung der Stadt Köln einholen musste, und das Sylvesterfest im Jahr 1999 malte er sich als ganz besonderes Ereignis aus.

Ich hatte schon lange gemerkt, dass die Jahreszahl 2000 eine große Faszination für ihn hatte. Wie sehr ich mir aber in den vergangenen beiden Jahren den Kopf zerbrochen hatte, wie ich diese Jahreswende für und mit Frank angemessen feiern könnte, es war mir nichts eingefallen. In den Jahren nach der Scheidung hatte ich immer dafür gesorgt, dass wir mit Freunden gemeinsam feierten, ein paar Mal im Allgäu mit Stephan oder anfangs auch noch mit Carolin und einem Freund von ihr. Doch inzwischen ging Franks Schwester ihre eigenen Wege und ich war nicht sicher, ob nicht auch Stephan die Sylvesternacht in der Stadt in einer Gruppe Gleichaltriger verbringen wollte. Meine Freunde würden auch nicht zu Hause bleiben. Mit Frank etwas außerhalb unseres Zuhauses zu unternehmen, stellte ich mir sehr schwierig vor, aber mir würde schon noch etwas einfallen.

Wie leicht sich dann für uns eine wunderschöne Jahrtausendwende-Feier ergab, hätte ich mir nicht träumen lassen. Wir verbrachten die Weihnachtsferien ja in unserer eigenen Wohnung im Allgäu. Das allein war schon etwas Besonderes. Aber es sollte noch viel besser kommen. Frank zeigte seine Freude immer gern auch nach außen. Deshalb fand er es auch toll, Raketen und Böllerschüsse in die Nacht zu schicken und ich hatte für diese spezielle Sylvesternacht ausnahmsweise ein paar Raketen gekauft. Allerdings machte ich mir Gedanken, ob wir die in unserem kleinen Dorf überhaupt zünden dürften und sprach mit Frank über meine Bedenken.

»Ruf' doch 'mal bei Guggemos an und frag'«, war seine pragmatische Antwort. Ich wählte also die Nummer unserer Nachbarn mit dem Bauernhof und den Ferienwohnungen und schilderte Franks Wunsch und meine Sorge. »Das finde ich nett, dass Sie fragen«, meinte Maria, die Hausherrin. »Häufig ballern Gäste einfach los und erschrecken die Tiere oder riskieren einen Brand. Wir feiern mit unseren Hausgästen auf der Terrasse und der großen Wiese vor dem Haus. Kommt doch einfach mit zu uns 'rüber. Von dort werden wir auch Raketen abschießen.«

Es hatte stark geschneit und der kurze Weg von unserem Haus zu ihrem war abschüssig und vereist. Ich gab deshalb zu bedenken, dass ich es vielleicht nicht allein schaffen würde, den Rollstuhl durch den Schnee und über das Eis zu schieben. Aber darin sah Maria gar kein Problem. »Wir haben doch genügend Männer im Haus. Ich schicke euch jemanden, der euch hilft«, versprach sie sofort.

Frank genoss es, mir beim Dekorieren der Wohnung und der Vorbereitung eines leckeren Abendessens zuzuschauen. Wir hatten beschlossen, bis etwa halb zwölf Uhr bei uns zu bleiben und dann mit zu Guggemos' zu gehen.

Pünktlich wie abgesprochen klingelte es bei uns und zwei freundliche Männer warteten darauf, dass wir herauskamen und sie Frank über den Hof zum Nachbarhaus schieben konnten. Guggemos' Feriengäste hatten eine Schneebar gebaut und überall waren leere Flaschen aufgestellt, von denen aus die Raketen abgeschossen werden sollten. Auch Franks wurden nun mit hineingesteckt.

Wir wurden freundlich begrüßt und fanden uns schnell in einer Gruppe von Menschen, Erwachsenen und Kindern, die fröhlich waren und uns mit einbezogen. Frank unterhielt sich mit allen und genoss die Situation.

Meine Sorgen und Überlegungen von vorher hatten

sich aufgelöst. Wir durften ein ganz besonderes Sylvester feiern, inmitten netter Menschen in Franks geliebtem Allgäu.

Als um Mitternacht die Glocken der kleinen Kirche St. Walburga ertönten, auf die wir von der Wiese aus schauten, als die Raketen bei uns und über dem Nachthimmel von Füssen und den umliegenden Bergen in den Sternenhimmel stiegen, als wir das erleuchtete Schloss sahen und die klare kalte Winterluft atmeten, als die Menschen um uns herum lachten und mit uns auf das neue Jahrtausend anstießen, fühlte ich tiefe Dankbarkeit, dass Frank eine so einmalig schöne Feier erleben durfte. Er saß glücklich im Rollstuhl und genoss es, hier und dabei zu sein.

Wie schön hatte sich alles gefügt, vor dem ich so große Sorgen gehabt hatte. Wie richtig war Franks Anweisung an mich gewesen, am Nachmittag mit Guggemos` Kontakt aufzunehmen. Wieder einmal hatten wir erfahren, dass wir, wenn wir uns nur öffneten, auf offene nette Menschen trafen.

Aus der Bekanntschaft, die wir in dieser Nacht machten, entstand nicht nur eine enge Verbindung zu Guggemos', die bis heute anhält. Ich lernte auch Menschen kennen, die ich heute zu meinen besten Freunden zähle: Michael, der Frank in der Nacht mit abgeholt hatte, seine Frau Marion und die beiden Kinder Jonas und Anna Tabea. Dass ich diese Freunde habe, verdanke ich Frank.

Am zweiten Januar kamen wie vereinbart Carolin und ihr Freund Glenn. Frank und ich hatten uns darauf sehr gefreut, denn wir liebten es beide, von netten Menschen umgeben zu sein. Franks Verhältnis zu seiner Schwester war in den letzten Jahren viel enger geworden als früher und auch deshalb genoss er die Gemeinschaft mit ihr und ich glaube, es kam auch ein gewisser Stolz dazu, sie mit in »seiner« Wohnung, in »seinem« Allgäu zu haben.

Am Ende der Weihnachtsferien schrieb Carolin ins Gästebuch: »Fünf Tage im Allgäu mit Schnee und super Wetter – ein schöner Jahrtausendbeginn. Wir sind bestimmt noch oft gemeinsam hier.« Es sollte leider nicht mehr dazu kommen.

In den folgenden Wochen fuhren Frank und ich häufig nach Weißensee. Wir verbrachten die Karnevalstage dort, schlossen weitere neue Freundschaften, bummelten durch Füssen, machten kleine Ausflüge und genossen die Wohnung.

Eine besonders schöne Zeit waren die Osterferien, die vom sechzehnten April bis zum dreißigsten dauerten. Als wir in Weißensee ankamen, lag an den Straßenrändern noch Schnee und es herrschte eine winterliche Stimmung. Die Geschwindigkeit, mit der dann in der zweiten Woche das Frühjahr durchbrach, war atemberaubend. Mit einem Mal waren die Felder gelb vom blühenden Löwenzahn, der Himmel darüber tiefblau und die Temperatur stieg bis fast fünfundzwanzig Grad.

Frank äußerte jetzt oft Wünsche, wo er hingebracht werden wollte: zur Wieskirche, zum Alpsee in Schwangau, zum neuen Musicalgebäude. Es fiel mir auf, mit welchem Verlangen er um diese eigentlich selbstverständlichen Ausflüge bat und ich erfüllte ihm seine Wünsche gern. Ich begann auch schon zu erkunden, was wir in den nahen Sommerferien alles unternehmen könnten. Wir würden auf den Tegelberg fahren und ins König-Ludwigs-Musical gehen, Spaziergänge im für den Rollstuhl sehr gut geeigneten Faulenbachtal machen und vieles mehr. »Mutti, kannst du mit mir zur Marienbrücke gehen?«, hatte mich Frank gefragt. Ich spürte, wie gern er wieder einmal dahin wollte, wo er früher als Fußgänger gewesen war und dass er die Faszination dieser Hängebrücke noch einmal erleben wollte. Ich konnte mir nicht vorstellen, dass dieser Wunsch erfüllbar wäre und sagte das auch, aber ich versprach auch, mich zu erkundigen, ob es eine Möglichkeit gäbe.

Ich ahnte ja nicht, dass Frank bereits Abschied nahm vom Allgäu, nur seine Seele wusste es.

Es war ein wunderschöner fast schon Sommertag, der zweiundzwanzigste April, der Tag, an dem Ayse wieder zu Besuch kommen wollte. Ich hatte gemeinsam mit Frank ein Kuchenrezept ausgesucht und einen Apfel-Käsekuchen gebacken und wir hatten die Gartenmöbel in den Garten gestellt. Dann waren wir ein Stück die Straße hinab gegangen, beziehungsweise gefahren und ich hatte mich auf die Bank unter das Marterl gesetzt. Von hier aus blickten Frank und ich auf die Kirche, den See und die Berge. Ein weiß-blauer Himmel spannte sich über uns, die Sonne schien sehr kräftig und Elliot schnüffelte über die saftigen Wiesen.

Versonnen hingen Frank und ich unseren Gedanken nach, als sich ein kleines rotes Auto den Berg herauf schob. Die Seitenscheibe war offen und am Steuer saß Ayse. Mit ihrem hellen Sommerkleid, den blonden Locken und dem frischen Lachen sah sie freundlich und hübsch aus. »Fahr doch bitte schon nach oben zum Haus.

Ich komme mit Frank nach«, forderte ich sie auf und während das Auto mit ihr um die Kurve verschwand, hatte ich mich hinter den Rollstuhl gestellt und schob ihn nun mit kräftigem Druck in die Richtung, in die Ayse gefahren war.

Während sie Frank mit dem Rollstuhl in den Garten brachte und sich dort mit ihm am gedeckten Tisch niederließ, holte ich den Kuchen und den Kaffee aus der Küche und wir tranken wieder einmal gemeinsam Kaffee und erzählten. Ayse hatte inzwischen ihr Studium begonnen und Frank hing an ihren Lippen, als sie davon berichtete.

Nach dem Kaffeetrinken ging ich ins Haus. Ich sah, wie die beiden jungen Menschen die Köpfe zusammensteckten, erzählten und lachten.

Als sich Ayse ein paar Stunden später verabschiedet hatte und zurück nach Roßhaupten gefahren war, setzte ich mich mit den Worten: »Du hast eine wirklich hübsche und nette Freundin, auf die kannst du stolz sein!« zu Frank an den Tisch. Ich lächelte ihn an. Er lächelte zurück und seine Augen strahlten. Da wusste ich wieder einmal: Frank war glücklich. Ayse hatte ihm mehr als nur diesen Nachmittag geschenkt.

Am nächsten Tag, dem Ostersonntag, gingen wir in St. Walburga in die Ostermesse. Luis Guggemos hatte Bretter bereit gelegt, damit wir mit dem Rollstuhl die hohe Stufe am Eingang der Kirche überwinden konnten und ich hatte das Körbchen mit dem von Ayse gebackenen Osterlamm mitgebracht. Sie hatte uns erklärt, dass es in Bayern üblich ist, eine Ostergabe weihen zu lassen. Mit einem Lachen hatte sie noch hinzugefügt, dass das nicht nur das Osterlamm oder überhaupt etwas Essbares sein musste, sondern dass man alles, was einem wichtig war, an den Altar stellen konnte. Natürlich hatte Frank sofort eine FC Bayern München-Serviette dazu gelegt!

Und wenn ich mit Franks Freunden bei Bayern-Spielen vor dem Fernseher sitze, wird sie heute noch so manches Mal als Glücksbringer hervor geholt.

Immer wieder Fußball

Seit unserer Reise nach Bordeaux zum Uefa-Cup-Spiel 1996 hatten wir sehr engen Kontakt zu Frau Potthoff, der Sekretärin des Managers des FC Bayern München, Uli Hoeneß.

Sie half uns, Karten für Spiele zu bekommen, die besonders schnell überbucht waren und sie hatte mir ihre Telefonnummer gegeben, so dass ich, wenn es notwendig war, direkt mit ihr in Verbindung treten konnte. Für einen Außenstehenden mag das als eine Kleinigkeit erscheinen. Für Frank und dadurch auch für mich bedeutete es eine Welt.

Frank war schon als er noch gesund zu sein schien genau wie sein Freund Stephan Bayern-Fan. Ich hatte großen Spaß daran, denn auch ich begeisterte mich schon seit den siebziger Jahren für den FC Bayern München. Es fiel mir also sehr leicht, Franks Hobby auch zu meinem Hobby zu machen und sein Interesse an Fußball zu teilen.

Obwohl Frank seit dem Status epilepticus im Alter von neuneinhalb Jahren eine Teilleistungsschwäche im Rechnen zurückbehalten hatte, bereitete es ihm keinerlei Schwierigkeiten, die Punkte seines Vereins in der Bundesligatabelle zu errechnen, die Tordifferenz einzukalkulieren und die verschiedensten Eventualitäten zu berücksichtigen. Es bereitete ihm Freude, mich aufzuklären und mir machte es Spaß, Stadionbesuche zu organisieren, Fanartikel-Kataloge mit ihm anzusehen und Fanartikel zu bestellen oder nach Oberhausen ins Centro zu fahren, um dort auch schon `mal eine ganze Stunde im Fanshop zu verbringen.

Manchmal war es mir peinlich, mich mit meinen

Wünschen an Frau Potthoff zu wenden, aber das, was ich für mich nie getan hätte, musste ich für Frank tun. Ich überwand meine Scham und wurde für ihn zur Bittstellerin und konnte dadurch mit Hilfe verständnisvoller Menschen Franks Leben mit Inhalt füllen und für ihn lebenswert machen.

Mit welcher Spannung packten wir zum Beispiel ein Paket aus, das Anfang November 1997 aus München gekommen war und als Absender den FC Bayern München angab. Ich hatte es, selbst sehr gespannt, zurückgelegt, um es Frank als Geburtstagsüberraschung am 18. November geben zu können. Mit großem Eifer öffneten wir es an dem Tag. Ein riesiges Lebkuchenherz mit dem Bayern-Logo und hübschen Verzierungen kam heraus und eine Garnitur Bayern-Bettwäsche. Frau Potthoff hatte einen Gruß beigelegt. Es war ein wunderschönes Geburtstagsgeschenk für Frank. Dabei ging es viel weniger um den materiellen Wert als um das, was mit Geld nicht zu erlangen war: das Deutlichmachen der Verbundenheit des Vereins mit seinen Mitgliedern.

Kurz vor Beginn der Saison 1998/1999 lag wieder einmal ein dicker Brief vom FC Bayern in unserem Briefkasten. Überrascht öffnete ich ihn und traute meinen Augen kaum: Frau Potthoff hatte, ohne dass wir darum gebeten hatten, einen Block mit Eintrittskarten für jedes Heimspiel im Olympiastadion für einen Rollstuhlfahrer mit Begleitung geschickt. Das bedeutete, dass Frank und ich zu jedem Spiel nach München fahren konnten, wenn es ihm gut ging und wir Lust hatten, ohne Sorge darum, wie wir an Karten kommen könnten, ohne lange im Voraus planen zu müssen, auf die Gefahr hin, dass Frank im letzten Augenblick vielleicht gar nicht reisefähig war. Eine Riesenlast fiel von mir ab und ich empfand eine große Dankbarkeit. Diese Eintrittskarten waren für uns ein unermessliches Geschenk.

Da wir auch für die Saison 1999/2000 einen solchen Kartenblock für die ganze Saison bekamen, konnten wir nun von der Allgäu-Wohnung aus noch häufiger zu den Spielen fahren. Wieder einmal war es jemandem gelungen, Frank glücklich zu machen und mir eine große Last abzunehmen, die Last, so oft für so vieles allein verantwortlich zu sein, mich stets um etwas kümmern zu müssen.

Mit großem Interesse las ich am 30. Oktober 1997 ein Interview im Kölner Stadt-Anzeiger mit der Überschrift »Da blutet mir das Herz« und dem Zusatz »Jancker-Förderer Wolfgang Schänzler: Ein Jammer, daß er nicht mehr in Köln spielt«.

Carsten Jancker, der »Fußballgott« wie ihn die Bayern-Fans getauft hatten, hatte wie aus dem Artikel zu lesen war, ständigen Kontakt zu Schänzlers und kam regelmäßig zu ihnen nach Köln zu Besuch. »Da könnte sich doch vielleicht ein persönliches Treffen mit einem Handschlag und einem Autogramm arrangieren lassen«, dachte ich, als ich die Zeitung aus der Hand legte.

Frank durfte auf Vermittlung von Frau Potthoff 1996 schon einmal die Spieler im Hotel Sheraton in Essen vor dem Spiel gegen Schalke treffen und Fotos machen und sich Autogramme geben lassen. Auch das war für ihn ein Feiertag gewesen. Aber da war Carsten Jancker nicht dabei und ihn mochte Frank ganz besonders.

Ich wollte mit Herrn Schänzler sprechen. Eine Begegnung mit Carsten wäre für Frank ein weiterer Höhepunkt in seinem Leben.

Als Frank noch gesund war, besuchte er mit mir häufiger Konzerte. So hatte er bereits Autogramme von dem Bariton-Sänger Friedrich Fischer-Dieskau und dem Komponisten Leonard Bernstein. Zur Zeit aber galt sein größtes Interesse dem Fußball.

Nachdem ich fünf verschiedene Schänzlers angerufen hatte, hatte ich wirklich den Vermittler von Carsten am Telefon. Als ich ihm Franks Situation und meinen Wunsch schilderte, war ich sehr aufgeregt. Mir lag so viel daran, dass er mich verstand, auf mein Begehren einging. Ohne zu zögern versprach der nette Herr am anderen Ende der Leitung: »Frau Feuerstein, da machen wir 'was draus. Ich weiß noch nicht, wann und wie, aber ich gebe Ihnen Bescheid, sobald sich eine Möglichkeit ergibt.« Ich zweifelte keinen Moment daran, dass er mir eine ehrliche Antwort gegeben hatte und musste den Kloß in meinem Hals hinunterschlucken, als ich den Hörer auflegte. Das Gespräch hatte in mir große Emotionen hervorgerufen und es war schwer für mich, mit niemandem darüber sprechen zu können. Aber ich musste diesen Vorstoß für mich behalten, wollte ich Frank nicht in eine für ihn kaum zu ertragende Unruhe versetzen.

Es dauerte noch ein paar Wochen, aber dann kam der erlösende Anruf: »Ich schicke Ihnen am Vormittag des Heiligen Abends einen Boten vorbei, der bringt ein Trikot von Carsten und am 2. Januar komme ich mit Carsten zum Kaffeetrinken zu Ihnen.«

Ich traute meinen Ohren kaum. Ich hatte darauf gehofft, mit Frank zu Schänzlers fahren zu dürfen, wenn

Carsten dort war, und hatte mir vorgestellt, dass Frank ihm kurz die Hand drücken und sich ein Autogramm geben lassen könnte, und jetzt würde Carsten zu uns, in Franks Zimmer kommen, mit ihm am Tisch sitzen, Kuchen essen und erzählen! Mein Herz zersprang fast vor Aufregung und Freude.

Als Frank am Weihnachtsabend als eines seiner Geschenke das Trikot auspackte – er natürlich nur mit den Augen, die Hände stellte ich zur Verfügung – war seine Freude groß, als ich aber sagte: »Frank, das Trikot ist nur ein Teil eines Weihnachtsgeschenkes. Carsten Jancker wird selbst hierher zu dir kommen, er hat sich für den 2. Januar angemeldet«, schaute Frank mich ungläubig an. »Mit so etwas scherzt man nicht«, schien sein Blick zu sagen. Aber er merkte schnell, dass es mir ernst war mit meiner Ankündigung.

In den nächsten Tagen entwickelte Frank große Aktivität und das zeigte mir, wie sehr er dem Tag entgegenfieberte. Wir beschlossen, dass er Stephan Bescheid sagen würde, denn der wäre nicht nur genauso gern dabei wie Frank. Es war auch ganz wichtig, dass Frank seine Vorfreude und dieses Erlebnis mit ihm teilen durfte. Das Sprichwort »Geteilte Freude ist doppelte Freude« traf jetzt ganz sicher zu.

Frank bat mich, aus dem Bayern-Jahrbuch alle Daten über Carsten herauszusuchen. Als ich ihm vorlas, dass er Hunde habe und möge, bat mich Frank, mit ihm in eine Buchhandlung zu fahren, wo er ein entsprechendes kleines Buch aussuchte, in das ich eine Widmung schreiben sollte, die er mir diktierte. Wir überlegten gemeinsam, was für einen Kuchen ich backen sollte und tauften den Quark-Apfel-Streuselkuchen, den wir aussuchten

»Jancker-Kuchen«. Unter diesem Namen kommt er auch heute noch häufig bei mir auf den Kaffeetisch.

Ja, und dann saßen Frank und Stephan in Franks Zimmer am Fenster und warteten. Bald parkte ein Auto vor unserem Haus und Herr Schänzler und Carsten stiegen aus. Carsten Jancker war dreiundzwanzig Jahre alt, ein hochgewachsener, auf dem Spielfeld manchmal etwas rauer, hier aber sehr ruhiger und freundlicher junger Mann. Ich weiß nicht, ob er ermessen konnte, was die Tatsache, dass er jetzt zwei Stunden bei meinem Sohn verbrachte, für den und für mich bedeutete.

Wir erlebten einen aufregenden Nachmittag. Bevor Carsten sich verabschiedete, bat Frank ihn um ein Autogramm – auf die Wand, auf die Raufasertapete in seinem Zimmer! Deutlich ist das auch heute noch da zu lesen und wie oft wurden wir gefragt, was es mit dieser Unterschrift auf sich habe. Frank und ich, und nun nach Franks Tod auch ich allein, erzählten und erzählen immer wieder gern, wie sie entstand.

Frau Schänzler gab mir kurz darauf die Privatadresse von Carsten und Frank diktierte mir für ihn gern von Zeit zu Zeit einen Brief und freute sich, wenn sogar ab und zu eine Postkarte als Antwort kam.

Ich war glücklich, dass es mir wieder einmal gelungen war, Frank ein ganz besonderes Geschenk zu machen, eines, was man mit Geld nicht kaufen konnte, sondern für das man Fantasie und Kraft einsetzen musste, für das man aber auch das Mitwirken anderer Menschen brauchte, und dafür, dass Herr Schänzler und Carsten bereit waren zu kommen, bin ich beiden aus tiefstem Herzen dankbar.

Fußball, Fußball ...

Inzwischen war das Frühjahr 2000 herangekommen. Ich sah es Frank an, dass er etwas auf dem Herzen hatte. »Du, Mutti«, begann er zögernd, »Hättest du etwas dagegen, wenn ich mit Sedique, ohne dich, zu einem Fußballspiel nach München fahren würde?« Ich war überrascht davon, dass Frank sich das zutraute. Es war stets mein großes Anliegen gewesen, ihm so viel Unabhängigkeit und Freiheit zu lassen, wie möglich. Deshalb hatte ich auch oft zugestimmt, wenn ihn seine Freunde abends mitnehmen wollten in die Kneipe oder in ein Konzert. Es war klar, dass die Reize, die dabei auf ihn einfluteten, Anfälle auslösen konnten. Aber auch der Stress darüber, dass er etwas nicht tun durfte oder konnte, führte zu Anfällen. Ich konnte und wollte Frank nicht in Watte packen. Er sollte sein Leben leben dürfen.

»Nur mit Sedique? Wie hast du das geplant?«, fragte ich nun zurück. Die beiden hatten wohl bereits darüber gesprochen, dass sie am 25. März zu dem Spiel gegen Kaiserslautern fahren wollten. Es war schon lange ausgemacht, dass ich, wenn einer der Zivis etwas mit Frank unternehmen wollte, den Opel Sintra zur Verfügung stellte. Ich hatte ihn extra so umbauen lassen, dass man ihn absenken und über das Heck den Rollstuhl hineinschieben konnte. Früher hatte ich Frank noch auf den Beifahrersitz umgesetzt, aber das war inzwischen kaum noch möglich und ich machte es nur für lange Fahrten. »Wir wollten Samstag früh losfahren und von Samstag auf Sonntag in Weißensee übernachten bevor wir von da aus zurückfahren.« Ich erkannte, dass das für Sedique ungefähr sechsunddreißig Stunden alleinige Verantwortung für Frank bedeutete. Das musste ich noch einmal mit ihm in Ruhe überlegen. Sicher hatte er, der immer sehr besonnen war, schon darüber nachgedacht. Aber wie weit hatte er nur zugestimmt, um Frank nicht zu enttäuschen? Wie weit war diese Fahrt auch sein Wunsch? War er so einer schweren Aufgabe wirklich gewachsen? Konnte er Frank ohne Hilfe zur Toilette bringen? Wusste er, was da alles auf ihn zukam? »Ich würde das gern morgen mit euch beiden gemeinsam besprechen«, erbat ich mir Bedenkzeit. Ohne zu widersprechen stimmte Frank zu.

Als ich Sedique am nächsten Tag auf diese Pläne ansprach, merkte ich, dass es ihm wirklich ernst mit der Fahrt war. Trotzdem machte ich einen Vorschlag: »Wisst ihr was, es wäre doch noch schöner, wenn auch Stephan mitfahren würde und wenn ihr schon am Freitag losfahrt. Dann braucht ihr am Samstag nur von Füssen nach München und zurück zu fahren und könnt euch in die Versorgung teilen.« Zu meiner Erleichterung gingen sowohl Frank als auch Sedique sofort darauf ein.

Stephan war gern bereit mitzukommen und auch Tilmann, der vorhergehende Zivi, zu dem wir nach wie vor Kontakt hatten, wollte mitfahren. Und so ging die »Männertour« wie die Jungs sie getauft hatten, am Freitag, dem 24. März 2000 los. Sie hatten von verschiedenen CDs Fan-Songs auf Cassette überspielt und auch wenn ich nicht dabei war, kann ich mir vorstellen, wie sie beim »Stern des Südens« und »Ole Super FCB« gen Allgäu fuhren.

Ich schaffte es, mir keine großen Sorgen zu machen. Seit ich wusste, dass Frank nicht lange würde leben dürfen, hatte ich mich entschlossen, ihm alles zu erlauben und zu ermöglichen, was denkbar war. Er sollte keinen einzigen der so wertvollen Tage vergeuden müssen.

Am Sonntagabend kamen Frank und seine Freunde zurück. Alles hatte geklappt. Die Bayern hatten zwar nur 2:2 gespielt, aber das war nicht schlimm. Was zählte war, dass sie gemeinsam eine Fußballtour unternommen hatten, wie das für junge Leute Anfang zwanzig üblich ist. Auch wenn Frank schwerstbehindert war – oder gerade trotzdem!

Ein paar Wochen später war ich wieder mit Frank in der Allgäu-Wohnung. Ich sah, dass alles in Ordnung und aufgeräumt war und lobte ihn: »Frank, ihr habt aber wirklich alles tipptopp gemacht. Da könnt ihr gern wieder einmal fahren.« »Stolz antwortete er: »Ich hab' ja auch gesagt, was gemacht werden soll!« Er hatte bestimmt. Diese Tatsache machte ihn sehr selbstbewusst.

Zum Glück hatte uns Frau Potthoff schon lange vor dem Saisonende die Karten für das letzte Spiel gegen Werder Bremen besorgt. Der FC Bayern hatte die Tabellenspitze an Bayer Leverkusen verloren und hatte so gut wie keine Chance mehr Meister zu werden. Mir tat das besonders weh, weil ich wusste, wie sehr Frank darunter litt. Zu stark war noch die Trauer und Enttäuschung über das bereits gewonnen geglaubte und in den letzten einhundertzwanzig Sekunden verlorene Champions League Final-Spiel gegen Manchester United in Barcelona vom 26. Mai 1999 in Erinnerung. Inzwischen hatten die Bayern am 6. Mai 2000 den DFB-Pokal gewonnen, aber gerade in diesem Jahr hätte Frank sie so gern auch als Meister gesehen.

Als wir, Frank, Stephan, Stephans Freundin Adri und ich am Freitag, dem 19. Mai 2000 nach Weißensee fuhren, hofften wir darauf, am nächsten Tag ein schönes Saison-Abschluss-Spiel zu sehen nach dem Motto: »Ein echter Fan hält auch zu seiner Mannschaft, wenn es nicht so gut läuft.« Auf der Fahrt von Füssen nach München am Samstag vormittag hörten wir den Radiosender Antenne Bayern. In den Interviews, die geführt wurden, äußerten Befragte und auch der Reporter immer wieder, dass die Bayern doch noch eine Chance hätten, die Meisterschaft zu gewinnen. Das war allerdings nur möglich, wenn Leverkusen, die führende Mannschaft, gegen Unterhaching verlieren würde und das wiederum war alles andere als wahrscheinlich.

Am Vormittag hatte es noch leicht geregnet, aber pünktlich um halb drei Uhr erstrahlte weiß-blauer Himmel über dem Olympiastadion. Die Stimmung war wie immer sehr gut und wir freuten uns trotz allem dabeizu sein.

Was wir dann bei diesem letzten Bundesligaspiel, das Frank erleben durfte, geboten bekamen, ist unbeschreiblich. In der zweiten Minute schoss Carsten Jancker das erste Tor gegen Bremen und mit tosendem Jubel feierten wir Bayern-Fans unseren »Fußballgott«. Die Bayern spielten wie entfesselt und bereits in der zwölften Minute traf Carsten abermals ins gegnerische Tor. Plötzlich machte sich Unruhe in der Südkurve breit. Offensichtlich hatten die Fans dort etwas erfahren, was wir anderen noch nicht wussten. Nur wenige Augenblicke später erschien auf der Anzeigentafel über dem Spielfeld ein Zwischenergebnis: 1:0 für Unterhaching! Das Stadion tobte. Dieses Ergebnis würden die Unterhachinger nicht lange halten können, war ich mir sicher. Aber weit gefehlt. Sie erhöhten es sogar auf 2:0. Bei den Bayern hatte Sergio in der sechzehnten Minute das dritte Tor geschossen, seit der vierzigsten Minute stand es durch ein Tor des Bremers Bode 3:1. Es war wenige Minuten vor Schluss. Wenn die Bayern jetzt nur nicht zu früh nachlässig wurden! Das, was ein Jahr zuvor in Barcelona passiert war, durfte sich nicht wiederholen! Vor uns waren inzwischen Uli Hoeneß, Ottmar Hitzfeld und Markus Hörwick, der Pressesprecher, aufgesprungen. Hoeneß hielt das Handy am Ohr – und mit einem Mal brach ein unbeschreiblicher Jubel aus! Hitzfeld und Hoeneß hielten sich umschlungen und tanzten auf der Tartanbahn und dem Rasen. Die Spieler kamen angelaufen, umarmten sich, kullerten über den Rasen, sprangen auf und rissen die Arme hoch. Der FC Bayern München war Meister! Kein Zuschauer saß mehr auf seinem Sitz. Selbst die Rollstuhlfahrer hatten sich, wenn es ihnen nur irgendwie möglich war, aus dem Rollstuhl hochgezogen. Frank konnte das nicht. Bewegungslos saß er da. Die Emotion war für ihn zu groß. Ich rüttelte den Rollstuhl hin und her, weil ich das Gefühl hatte, ihn aus der Erstarrung befreien zu müssen. Stephan und Adri hatten sich schon vorher zu uns gestellt. Sie umarmten Frank, während ich gegen die Tränen ankämpfte. In Windeseile war die Originalmeisterschale vom nahen Unterhaching ins Olympiastadion geholt worden. Alle hatten damit gerechnet, dass Bayer Leverkusen Meister würde und die Schale überreicht bekäme. Stattdessen wurde sie nun hier gebraucht. Und wieder einmal durften wir dabei sein, als die Bayern als Meister geehrt wurden.

Keiner von uns wusste, dass wir zum letzten Mal mit Frank eine Meisterschaft feierten. Aber dass er es bei seinem letzten Bundesliga-Spiel-Besuch gemeinsam mit seinen Freunden im Olympiastadion erleben durfte, dass »seine« Bayern in dem für ihn so wichtigen Jahr 2000 doch noch Meister geworden waren, war der schönste Saisonabschluss, der sich für ihn denken ließ.

Auch heute noch durchströmt mich eine große Freude darüber und ermöglicht es mir, mit unserem Schicksal versöhnt zu sein.

Die Heimfahrt nach Füssen verlief sehr munter. In München und auf der Autobahn wurden die Schals und Fahnen zum Autofenster hinausgehalten und es wurde gehupt, sooft andere Bayern-Fans zu sehen waren. »Mutti, du musst aber auch in Weißensee hupen, wenn wir nach Oberried hochfahren!«, forderte Frank mich auf. Und ich sprang über meinen Schatten. Was ging es mich an, was die anderen dachten. Franks Wunsch sollte erfüllt werden. So fuhren wir gegen halb neun Uhr abends laut hupend und Fahne schwenkend an unserer Wohnung vor, freudig begrüßt von unseren Nachbarn Guggemos und von Oliver, die ja genauso wie wir Bayern-Fans waren und feierten den Tag bei Weißbier und Weißwurst und Brezen.

Schon am darauf folgenden Donnerstag saß ich wieder mit Frank im Auto Richtung Füssen. Am Freitag, dem 26. Mai, fand das Abschiedsspiel für Lothar Matthäus statt. Frank hatte schon Jahre zuvor gesagt, dass er bei diesem Abschied unbedingt dabei sein wollte. Im Januar hatte ich Karten bestellt und diese Ende April auch bekommen. Wir konnten also das Spiel sehen und hatten vor, gemeinsam mit Michaela und Oliver von Weißensee aus nach München zu fahren.

Es war ein sonniger warmer Maitag, an dem wir dann gemeinsam im Olympiastadion saßen. Wir waren sehr früh losgefahren. Frank konnte Aufregung nur sehr schlecht verkraften, deshalb achtete ich immer darauf, dass wir uns nicht abhetzen mussten, dass wir genügend Spielraum hatten, auch falls einmal ein Anfall oder ein Stau oder eine Panne dazwischen kommen sollten. Auch für meine Nerven war dieser Sicherheitspuffer wichtig.

Außer Frank war noch kein Rollstuhlfahrer da, so dass er sich einen Platz in der reservierten Reihe aussuchen konnte. Oliver war zum ersten Mal im Olympiastadion und Frank genoss es, ihm alles zu zeigen und zu erklären. Es war schön zu sehen, wie die Beiden sich verstanden und wie Frank die Rolle des großen Bruders eingenommen hatte. Als allmählich die ersten Spieler aufs Feld kamen, sagte Frank Oliver, der sie nicht immer gleich erkannte, wer es war und beide hatten große Freude an dem, was um sie herum vorging. Auch Frank sah hier Spieler zum ersten Mal live, die er nur aus dem Fernsehen kannte, wie zum Beispiel Diego Maradonna.

Es machte Spaß, ein Spiel zu sehen, bei dem es um nichts ging. Dadurch konnten wir auch die Atmosphäre in Ruhe genießen. Und die war einmalig. Die Sonne war hinter dem Zeltdach verschwunden und ein lauer Vorsommerabend machte sich breit. Man spürte die gute Laune der Zuschauer. Unter nicht endenwollendem Jubel verließ Matthäus in der 82. Minute das Spielfeld, um erst nach dem Schlusspfiff wieder zu erscheinen. Bei der Verabschiedung durch den DFB und den FC Bayern erklang von Sarah Brightman gesungen »It's time to say good bye«. Überall wurden Wunderkerzen angezündet und in den Abendhimmel gehalten und wir Zuschauer stimmten in den Song ein.

»It's time to say good bye« – ich ahnte nicht, dass dieser Besuch im Olympiastadion in München Franks letzter sein sollte, dass er nur noch siebzehn Tage leben würde. Aber im Nachhinein kann ich mir keinen schöneren Abschied vom Fußball für ihn vorstellen als diese Saison und diesen Abend.

Zwei Tage später fuhren wir wieder nach Köln. Wir hatten an dem Wochenende zum ersten Mal an einem Fahnenmast vor dem Haus Franks Bayernflagge gehisst. Als wir schon im Auto saßen, forderte ich ihn auf: »So, sag' deiner Fahne noch tschüss bis zum nächsten Mal.« Frank blickte ohne Worte auf das Rautenmuster und blieb sehr ernst. Meine Verwunderung darüber war nur kurz. Ich dachte nicht weiter darüber nach. Erst später wurde mir klar, dass Frank für immer Abschied genommen hatte vom Allgäu.

Am 12. Juni 2000 starb Frank ganz friedlich und ruhig in meinen Armen.